BUR
Rizzoli

Matteo Corradini

La repubblica delle farfalle

BUR
Rizzoli

Pubblicato per

BUR
Rizzoli

da Mondadori Libri S.p.A.

ISBN 978-88-17-07876-4

Quinta edizione Best BUR: gennaio 2020

Capitolo uno

Lampadine

«Tanto per cominciare, ho una sorpresa.» Dalle carabattole che aveva portato tolse un piccolo sacchetto ruvido: nel sacchetto era appallottolato uno straccio scuro. Edison lo prese in mano e poi in braccio, neanche contenesse un neonato che dorme. Se lo appoggiò a una guancia, lo rimise sul tavolo e a quel punto lo aprì, come il mago che mostra il cappello prima vuoto e poi pieno.

Fu l'ultima volta che accendemmo una lampadina tutti insieme. Lassù nella soffitta ci eravamo dimenticati del buio, del silenzio, della notte che incombeva su di noi. Delle stelle che non si vedevano più, oltre la finestra. Avevamo scordato perfino l'odore delle coperte fradice, la sensazione del pidocchio che ti saltella in testa. Eravamo solo noi. E c'era ancora Jiri col suo talento sfortunato, che non sapeva ancora dove sarebbe girata la sua ruota.

Edison passò oltre la porta incedendo da ambasciatore di corte, e sforzandosi di non ridere cercava di tenere ferme le guance. Il nero della soglia, il nero di quella soffitta lo aiutavano a nascondere nel buio l'eccitazione. Portava un fagotto nelle mani e lo sbrigliò in fretta davanti a noi, lo appoggiò sul tavolo, quello che usavamo per la redazione del giornale, e spalancando la bocca (solo il bianco dei suoi denti era visibile nello scuro) sussurrò: «Sorpresa.» Una lampadina.

Sorpresa, così, senza punti esclamativi: non eravamo più abituati ai punti esclamativi. Gli unici che sentivamo scritti erano quelli degli ordini, coltellate nelle nostre orecchie.

Ci avvicinammo tutti al tavolo, chi era già sulla branda saltò giù, e il pavimento scricchiolò. Quando Edison disse "sorpresa" c'era già silenzio. Aprì il fagotto lentamente: dentro, un secondo strato di panno celava un involucro di carta. Nell'involucro c'era la lampadina. Edison la prese in mano e ce la mostrò come stesse regalando un diamante. La lampadina brillò del riflesso dei nostri occhi vicini. Il nostro amico la teneva per l'avvitamento, e se la sua emozione si fosse tramutata in elettricità, e non in sangue, avrebbe potuto accenderla con le dita.

Saltò sul tavolo; eravamo senza parole. Si appese a un cavo che pendeva dal soffitto; prima del nostro arrivo reggeva un lampadario, magari di vetro. I nostri polmoni erano sottovuoto per lo stupore, come il cuore della lampadina è tenuto sottovuoto perché si accenda senza bruciare. Edison si mise ad avvitare e avvita avvita batteva i piedi sul tavolo, avvita avvita in una specie di danza elettrica, avvita avvita lo seguimmo col pensiero, battendo le mani sui bordi del legno sempre più a tempo.

Zdenek ci zittì: «Siete matti? Basta rumore.» Ci placammo.

Edison aveva finito. Guardò Peter che si era spostato accanto all'interruttore.

«Vado?» chiese.

«Se ci scoprono questa volta ci ammazzano davvero.»

«Da fuori non si vede.»

Non si accese nulla. Allora Jiri salì sul tavolo e prese la lampadina. Sembrava anche più grande, illuminato dalla candela ai suoi piedi, mentre si aggrappava al piccolo portalampada di ceramica smaltata.

«Strano che quelli di prima non se lo siano portati via: hanno staccato anche la carta da parati.»

Peter lo sorreggeva per un gamba mentre Jiri si inorgogliva del suo coraggio: «Lo spettacolo sta per cominciare.»

Mentre teneva stretto il cappellotto a vite della lampada, impugnò la lampadina, la svitò e la avvitò di nuovo. Se ripenso a quella scena, so che fu l'ultima volta nella quale ci ritrovammo tutti e otto insieme a discutere e a scrivere, l'ultima notte con il nostro amico Jiri. Il suo spettacolo stava per cominciare, ma nessuno ancora lo sapeva.

«Falle fare ancora un giro» suggerì Zappner, il bambino con la barba.

«Se la accendiamo ci vedranno.»

«Se la accendiamo ci vedremo, è diverso.»

La riprese in mano Edison: con il giro che diede alla lampadina avrebbe acceso anche la coda di un cane. Ecco la luce. La stanza si infiammò di colori, come se ogni cosa, ogni oggetto fino al più piccolo si fosse svegliato in quell'istante e avesse cominciato a brillare per conto proprio. Si vedevano i fogli scritti con le poesie e i racconti, i giornali clandestini scritti a mano lì accanto, qualche libro, tre cartoline, le tante brande di legno ammuffito. Si vedevano le facce di otto ragazzi che sorridono insieme, come un'orchestra. Nella notte più buia potevano guardarsi negli occhi e vederli lucidi e acquosi. Forse altrove si sarebbero presi in giro per quella commozione. Ma nessuno aveva voglia di fiatare: il buio è il mondo delle parole ma con la luce basta anche il silenzio, non c'è da stupirsi.

La stanza fu invasa da un chiarore meraviglioso. Le cose, gli oggetti furono abbracciati dallo splendore e li vedemmo non come li vediamo di giorno ma come li vediamo nei sogni. Di colpo ogni cosa esistette: le brande allineate e alte, con le nostre cose, i libri, i calzoni che penzolano, le scarpe in un angolo, ben slacciate, e la carta per il giornale nascosta tra il materasso e il legno, e le pareti con le fotografie, i disegni, i pastelli. E soprattutto ci guardammo in faccia, mentre Edison rideva che a fermarlo ci si misero in tre, ma ridendo anch'essi, e tenemmo il fiato finché anche il più spavaldo topo della soffitta prese a piangere anche lui, finché i pidocchi sulle nostre teste si misero a ballare e per una volta, per una volta soltanto, ci lasciarono in pace a guardarci negli occhi scuri ma luccicanti, bui ma belli.

Fu l'ultima volta che accendemmo una lampadina, che la accendemmo tutti insieme. Era una notte elettrica, quella, e andava festeggiata senza rimorsi: prima e dopo sarebbe stata nostalgia di casa e prigionia, niente di cui stare allegri. Ma quella notte buia la fregammo tutti insieme. Per una notte, una notte soltanto, eravamo stati più forti perfino di Terezín.

Capitolo due

Bastioni

1943, marzo

È notte, è molto buio. Siamo Embryo, Zdenek, Peter e io. Ci avventuriamo in silenzio lungo una via. Dormono, dalle case nessun rumore, nessuna luce. Camminiamo in fila come ladri, sottili come il colore sui muri. A ogni angolo, il primo guarda fuori nella strada che incrocia, poi ci fa un cenno se non c'è nessuno. Si va. Si cammina. A volte nella strada incrociata c'è una guardia. Embryo si volta, ricorda di tacere. Ricontrolla. La guardia è laggiù in fondo, è illuminata da un riflettore attaccato ai bastioni. Non è il suo turno di sorveglianza, è lì così, forse quel nazista è andato da una donna, forse è ubriaco. Non guarda mai di qua. Ci troviamo appiccicati a un angolo della strada e dobbiamo assolutamente raggiungere l'altro, attraversare. Siamo così abituati alle tenebre che siamo noi stessi tenebre, nemmeno i nostri occhi hanno più il bianco. Zdenek batte sulla schiena di Embryo, che parte, arriva all'altro angolo e si nasconde. La guardia non ha fatto una piega. Osserva il nostro angolo, fa quattro passi, due proprio storti.

«Due passi su quattro, fai il calcolo: è ubriaco a metà» sussurra Peter.

Zdenek è attento come un segugio. Fissa la guardia. Si volta, la guardia, non Zdenek: quest'ultimo dà una manata anche a Peter che parte. Corre, corre, arriva di là dove Embryo lo accoglie. Nella frazione di secondo che è servita alla guardia a grattarsi la schiena, un altro di noi è in salvo. Al sorvegliante lontano è caduto qualcosa, una bottiglia rotola nella strada. Sui sassi fa un rumore di strumento musicale.

La guardia si china goffamente per inseguire e raccogliere la bottiglia, ma posso solo immaginare il gesto che fa piegandosi in avanti, perché ha appena spostato la testa verso il basso quando Zdenek mi afferra per il colletto della giacca e si mette a correre, e io dietro, attaccato. Zdenek, va detto, è stato atleta e ha vinto anche molti premi. Arriva in un attimo di là mentre io fatico non poco a stargli dietro nonostante lui non molli la presa sulla mia giacca. Due secondi dopo mi rifugio anch'io dietro il nuovo angolo: sono a torso nudo mentre Zdenek tiene la mia giacca in mano.

Me la restituisce con uno sguardo che vuol dire

una cosa soltanto: la prossima volta corri, lumaca.

Si procede silenziosi. Nelle tenebre solo quattro persone avanzano: Embryo, Zdenek, Peter e me. I proiettori sui bastioni aprono sfere di luce nel nero. L'umidità che sale dal fiume lì vicino e dalla terra delle strade fa luccicare il mondo. Proseguiamo. Ecco la piazza del paese. È aperta, la si potrebbe attraversare ma è proibito a noi ebrei, troppo rischioso. Giriamo intorno all'isolato, evitiamo un posto di guardia, prendiamo una via che costeggia anche la scuola, dietro c'è il bastione coi viveri. Ora siamo nella zona dell'ospedale e lì vicino c'è la casa delle ragazze.

«Andiamole a vedere», propone Zdenek.

Tu sei matto medita Peter, ma non lo dice.

Siamo là nel tempo di un pensiero. Sotto le finestre delle ragazze, il muro mostra bellissimi stucchi e ricami di cemento, ideali per arrampicarsi. Ci tiriamo su con le braccia, facciamo leva coi piedi, ed eccoci attaccati alle sbarre delle finestre del pianoterra. Sbirciamo. Dentro, una camerata come la nostra, coi letti a castello di legno, spessi e duri, alti tre piani e a volte quattro. Coperte e panni in giro, bagagli aperti, camicie che asciugano, lenzuola e stracci usati per creare piccole stanzette intorno ai materassi. E poi la luce, la stessa luce attutita di zafferano che filtra dalle nostre finestre: proviene da chissà dove, forse è la luce dei riflettori dei bastioni che si stende fino a qui, rimbalzando nelle strade, sui muri, volando via come certi aquiloni, arriva fino a qui e tocca i nostri letti, ci permette di guardarci in faccia, arriva fino a qui, è la luce delle guardie che diventa buona, che serve a noi. A noi serve anche per scrivere.

Venendo dal buio, ci mettiamo poco ad abituarci a quel nuovo ambiente scuro. Nel giro di un attimo si vedono i contorni delle cose, le mani che tengono le coperte, un braccio che penzola: ecco una ragazza girata di lato ma ha la faccia voltata. Ed ecco alcuni occhi, chiusi, anche quelli di lei, di Vera, anche i suoi occhi. La vedo tra due letti, è accucciata. Come deve essere calda, se solo potessi toccarle una spalla, o il collo, o una guancia.

Scendiamo appendendoci per un attimo alle sbarre. Tocchiamo terra e già ci spostiamo oltre, dimentichiamo le ragazze: non era questa la nostra missione. Dobbiamo uscire, ce ne andremo. Camminiamo ancora, ma poco, evitiamo una strada battuta, ci infiliamo nel parco. Il parco, quel che ne rimane, ha alberi sottili e alti, piantati con ordine. Potresti tirare dei fili tra l'uno e l'altro per spiegare la geometria a chi non la sa. Sono così alti, alcuni, che nella penombra non riusciamo a vederne i rami ma solo i fusti. È in quel momento che il riflettore si gira e la notte viene sconfitta da un colpo di luce che la ferisce. Ci lasciamo cadere tra le foglie, ciascuno dietro un albero diverso. L'aria è diventata ancor più umida, tante goccioline sospese tra noi e il cielo vengono accese dalla luce. I tronchi neri sono ancora più scuri, sono colpi di pennello precisi verso un cielo di tenebra. Dietro i tronchi noi, neri e piatti contro la terra.

La luce del riflettore si muove avanti e indietro e indietro e avanti, le ombre dei rami nell'erba sembrano agitarsi al ritmo di una danza macabra. Stringiamo i denti, Embryo resta coricato ma abbracciato all'albero, come se avesse paura di essere spinto via. Il proiettore si ferma, resta fisso a illuminare il parco.

Alziamo la testa ed è solo in quel momento che le vedo, tra l'erba che mi copre gli occhi. Non le avevo viste prima, forse per la fretta o per il terrore. Ci sono tante carrozzine tra gli alberi. Sono a gruppi e solitarie, sistemate per bene come fossero nuove ma abbandonate così, di fretta, da persone che sono scappate senza pensarci un minuto di troppo. Sono carrozzine da bambino, tutte simili, alcune molto belle coi ricami, non ne avevo mai viste di così belle. Illuminate dal proiettore, sembrano quasi appese nell'aria piena di goccioline.

Non c'è più erba davanti alla mia faccia, ma una coperta. La coperta è sfilacciata, i fili di lana mi infastidiscono una guancia come fossero steli, fiori recisi. Apro anche l'altro occhio, sento caldo sulle spalle e sistemo la schiena. È il mio letto, nella casa L417, nella soffitta dei ragazzi a Terezín. Mi alzo lentamente e vado alla finestra.

Oggi nel ghetto piove. Le gocce battono sui muri e scrosciano in strada, la allagano con piacere. Dal cielo viene giù acqua a secchiate, sembra volersi fermare tutta a Terezín e non voler andare via mai. Le pozzanghere non si svuotano, lo spazio resta bagnato. Il rumore assomiglia a una voce che prima ti chiama, ti invita a raggiungerla per proporti qualcosa di buono, poi cambia tono, diventa alta e minacciosa, urla. Edison si sveglia di colpo.

Mi chiede qualcosa, ma sono troppo vicino alla finestra per capire.

«Non ti sento, ripeti un po'.»

«Hanno già chiamato per il lavoro?» ripete.

Siamo al primo piano. Sotto la finestra si stanno radunando alcune persone che si affrettano ad attraversare la strada, si guardano negli occhi: hanno gli occhi grigi, non sono persone, sono sacchi di patate con dentro niente e una stella gialla sul petto. In più bagnati, derelitti.

«Qualcuno è già pronto» avviso Edison, che si sbriga a mettersi le scarpe. Ha due anni più di noi: basta perché sia adatto al lavoro, per i nazisti. Di solito dorme vestito, esce di corsa, la giornata non è ancora iniziata, i suoi passi vengono inghiottiti dalle scale. Torno a sedermi sul letto ed è mentre le assi scricchiolano che sento il colpo di pistola. Lo sentono anche gli altri, qualcuno urla, quarantuno fantasmi saltano in aria dalle coperte, saltano giù dai letti a castello. Chi dorme al piano più alto impiega solo un secondo di più per toccare terra. Scalzi, seguiamo quelli che hanno sentito meglio la direzione dello sparo, un rullo di tamburo fatto di passi nudi si avvicina a un'unica finestra. Si fa silenzio.

Gli uomini di solito restano in piedi perché hanno le gambe che li reggono, ma l'uomo che vediamo nella strada resta diritto solo perché è contro il muro. Le gambe gli si sono fissate ferme immobili in diagonale, come fosse un albero strambo, dal tronco doppio. Il muro è bagnato di pioggia, le gocce colano lungo la giacca grigia, la inzuppano sulle spalle, e anche i capelli dell'uomo sono fradici, se li ritrova sugli occhi ma sembra che non gli diano più fastidio. Tra le braccia abbandonate sul petto c'è una macchia rossa che si allarga. Ora le braccia si aprono lungo il muro, è solo questione di un attimo, il capo dell'uomo si piega e finalmente cede un ginocchio. Va giù su quel lato, senza proteggersi il volto come quando si cade da vivi. È morto. Il nazista non controlla. Altre volte li vedi che controllano, stavolta ne è sicuro, gli ha sparato da troppo vicino. Il corpo a terra assorbe il bagnato della strada e restituisce con generosità un acquerello rosso che si allarga qui come un ramo di un albero, là come una macchia sfumata. Il peso dei vestiti del morto è tale che sembra muoverlo.

Non vediamo le facce delle persone grigie perché sono voltate tutte, come noi, verso il muro. Ma non ce n'è bisogno: sono identiche alle nostre, ne siamo sicuri. I nazisti non ordinano a nessuno di portare via il corpo, altre volte lo hanno fatto. Urlano qualcosa alla gente, mettono la folla in fila e via, la fanno allontanare. Riconosco nel mucchio la testa di Edison: ci faremo raccontare stasera.

Josif si mette a singhiozzare, gli manca casa sua e i suoi genitori e anche una nonna, dice, che gli voleva un gran bene. È arrivato qui due mesi dopo di me ed è fragile come un passerotto. Si siede sul letto e piange per ore, mangia pochissimo. Un paio di noi vanno a consolarlo, gli altri restano alla finestra a guardare il morto.

«Tanto non si muove più, cosa pensate? Di vederlo scappare via?» butta lì Zdenek. Toglie il braccio dalla spalla di Josif e ritorna sotto le coperte.

Alzo il materasso e prendo un foglio. Scrivo: oggi è stato ucciso un uomo sotto la nostra camera. Non sappiamo ancora perché, forse ha accarezzato un cavallo, forse ha risposto male a una guardia SS, forse si rifiutava di accelerare il passo. La strada è tutta rossa.

E mentre scrivo, penso che forse il motivo non è da cercare dentro quell'uomo ma dentro la guardia che gli ha sparato. Perché le SS danno delle spiegazioni che noi nemmeno intendiamo. Intanto siamo ebrei: e questa sembra la ragione più valida. Ma il presente pensiero non lo scrivo. Se mai lo leggesse Josif, cosa crederebbe? Come ci rimarrebbe? Cosa deciderebbe? E i nostri sforzi per farlo mangiare sarebbero ridotti a niente. Stasera si vedrà, magari su quello sparo ci facciamo un articolo e forse non lo scriverò io, questa volta, ne avevo già scritto uno per quell'altro, vicino alla caserma Magdeburgo.

Toccherebbe a Embryo, ma dorme ancora: nemmeno lo sparo lo ha svegliato. Vedo la sua testa che spunta dal cuscino, forse si è coperto anche le orecchie o forse quando sogna è troppo occupato. È miracoloso come faccia a dormire qui a Terezín, ha provato a insegnarcelo ma noi non siamo come lui. Lui è orfano; noi abbiamo avuto una casa, una camera, una famiglia.

Siamo lontani dai nostri genitori. Ci hanno deportati insieme ma presto ci hanno messi qui da soli, noi ragazzi, in questa grande casa col giardino dove c'è anche la nostra scuola. Mamme e papà sono chiusi altrove, le mamme nella caserma Dresda e i papà nella Hannover. Le ragazze della nostra età in un'altra ancora. Poi c'è la caserma degli olandesi, dei ragazzi tedeschi, dei danesi, di altri. Le caserme oggi sono dormitori, ci dormono in cento in una stanza, tengono le finestre aperte anche d'inverno dal caldo che fa. Siamo ebrei, per questo siamo qui. Altri motivi? Chi ha altri motivi per essere imprigionato dai nazisti viene portato alla piccola fortezza qui vicino: ci infilano i delinquenti e i politici. Quale diversità ci sia tra noi e loro, i nazisti lo sanno bene: un criminale in moltissimi casi merita di vivere. Un ebreo no. La differenza è tutta qui.

Terezín è un paese che non avevo mai visto prima. Noi di Praga non ci eravamo mai venuti: è un paese fortificato, ha alti bastioni su tutti i lati, muri, caserme di un secolo e mezzo fa, è squadrato, ogni via è perfettamente perpendicolare o parallela alle altre. Ha intorno un fossato che si riempie d'acqua quando piove e diventa una palude. In una parte del fossato ci sono gli orti. Sono veri, almeno quelli. Qui a Terezín devi sempre chiederti se una cosa è vera oppure no.

La sera arriva lentamente, c'è il tempo per fare e ne resta anche per annoiarsi. Questa settimana si può passeggiare per strada un po' più liberamente, così mi decido: ha smesso di piovere, chiamo Embryo, andiamo a camminare.

«Saliamo sui bastioni» mi propone. Così dimentichiamo la fame per un po'.

«Posso venire anche io?» A chiedermelo è Zappner, il bambino con la barba.

Andiamo in tre, scendiamo in strada badando bene di non camminare sul marciapiede. La settimana scorsa i nazisti hanno mandato un uomo all'ospedale perché aveva camminato sul marciapiede: così almeno hanno detto. Non sappiamo se questa settimana si può, ma tanto vale non rischiare. In strada c'è fango, le scarpe affondano e sul marciapiede ci sporcheremmo meno. C'è profumo d'umido, come se i campi della regione avessero deciso di risvegliarsi e sbadigliare nel ghetto goccioline minuscole. Dalle finestre esce odore di panni stesi, tanfo di chiuso; in lontananza, ma molto distante, qualcosa che somiglia alla primavera.

«Meglio sporchi ma vivi» dice Zappner, il bambino con la barba.

Il tempo di voltare la testa per dirgli che è impossibile dargli torto ed Embryo sparisce dalla mia vista e si butta in una mischia. Due ragazzi sono attorcigliati nella lotta, uno ha una manica strappata, l'altro ha i calzoni di fango. Una mano del primo è tra i capelli del secondo: li afferra e li tira di qua e di là. L'altro non resta tanto fermo, comincia a menare alle costole. Il primo sbuffa, il secondo urla a bocca chiusa. Il primo ha una lunga buccia di patata in mano, l'altro cerca di portargliela via. Embryo li osserva, li guarda camminando, nella strada nessuno è ancora intervenuto per dividerli. Embryo prende la rincorsa, spinge il primo ragazzo contro il secondo, li fa cadere, schiaccia la mano del primo, quello urla, il secondo sta per rialzarsi, il primo apre la mano, Embryo agguanta la buccia e si alza come un ghepardo e prende a correre, scompare dietro l'angolo. I due che litigavano si guardano per decidere se inseguirlo insieme oppure continuare a menarsi, poiché ciascuno evidentemente ha ancora qualche credito aperto con l'altro. Decidono di inseguirlo, ma ormai hanno perso tempo: Embryo ha svoltato un altro angolo ed è scomparso tra la folla di ebrei grigi.

«Lo fa sempre» dico.

Zappner lo sa bene: «Qualche volta si farà male.»

«Però mangia meglio di noi» aggiungo io.

In fondo alla strada che porta alla caserma Sudeti si alza uno dei bastioni, una grande montagna di terreno e sassi tenuta insieme da muri e contromuri, fortificazioni e righe di mattoni all'infinito. Qui e là, torri e camminamenti a sorvegliare le cose. Tra cento metri c'è il mondo reale, da questa parte del bastione rimane soltanto il ghetto, che altro vuoi trovare? Saliamo su un mucchio di terra, non sulla cima del bastione ma quasi, quel che basta perché si veda la pianura, oltre la muraglia e le vedette e la palude appena sotto. Dove un tempo c'era il fossato oggi si ferma l'acqua che cade con la pioggia, ristagna e marcisce: scoli melmosi, densi come minestroni avanzati. Piante bollite galleggiano qui e là, le rive sono piene di sterpaglie spettinate e dispettose, un bordo di rampicanti e steli, foglie taglienti e dure, spine. Ma anche, se guardi meglio, fiori. L'acqua si muove, a un tratto, di poco, come respirasse. Poi torna ferma.

Ci sediamo nell'erba più bassa. Zappner si allunga, raccoglie un fiorellino giallo che ha le foglie ancora bagnate dalla pioggia. Lo tiene tra le mani mentre parla.

«Hai visto l'uomo morto stamattina?»

Annuisco, continuo a guardare l'acqua.

«Una guardia gli ha trovato delle sigarette.»

«Se le teneva nascoste addosso, era un autentico suicida.»

«No, non addosso. Hanno trovato una scatola di sigarette, ed era sua. L'uomo ha litigato con una guardia poco prima di andare al lavoro. Gli altri grigi con lui non hanno capito subito, non l'hanno fermato. La guardia aveva una mano sulla pistola ma stava aspettando rinforzi. Non sapeva cosa decidere.»

Dietro Zappner c'è uno stelo marrone scuro che

si allunga fin sopra la sua spalla. Sullo stelo c'è un insetto che non avevo mai visto, piccolo e brizzolato, deforme.

«La guardia lo ha spinto contro il muro e gli ha urlato di stare zitto e di aspettare. Ma quello si è messo a strillare, diceva di essere innocente, che le sigarette non le aveva portate lui. Allora l'SS lo ha preso per il collo, gli ha sbattuto la testa contro un mattone che sporgeva e gli ha chiesto a bassa voce di dire chi aveva portato le sigarette nel ghetto. Quello non ha risposto. È arrivata un'altra guardia.»

L'insetto cammina su e giù sullo stelo, non sa decidersi se andare o venire e la spalla di Zappner gli sembra una terra troppo inesplorata, ha paura.

«Anche la seconda guardia l'ha preso per il collo, mentre l'altra guardia gridava qualcosa agli uomini che andavano al lavoro. L'uomo allora si è messo a piagnucolare e a ripetere di non aver fatto nulla, che nemmeno sapeva, che nemmeno fumava.»

«Gli ha detto che nemmeno fumava?» L'insettino fa dietrofront. Si arrampica su una foglia mezza mangiata e mezza annerita, scompare dietro una piega, riappare, scompare di nuovo.

«In quei momenti gli dici di tutto. Ti ricordi di quando avevo due cucchiai in tasca? La guardia gli grida qualcosa nell'orecchio, gli parla della sua famiglia, della famiglia dell'uomo, intendo. Erano sul treno, quello che è partito tre giorni fa. L'uomo alza la testa disperato, ha una linea di sangue che gli divide in due la faccia, per il colpo contro il muro. E fa quello che non andrebbe fatto.»

L'insettino mi sorprende: scuote una zampa, poi un'altra. Guarda in su, come per controllare se quella spanna di cielo sopra di lui sia libera. Poi dalla schiena si apre un'ala, coloratissima, e un'altra subito dopo. Le sbatte da fermo, come le mie palpebre sorprese, stacca le zampe dalla foglia e in un attimo scompare volando tra i rametti sporchi di fango.

«Gli ha sputato proprio in faccia?» chiedo.

«Sì, uno sputo schifoso. Nero a righe gialle. Aveva fumato, era chiaro. E soprattutto le vendeva, le sigarette. La guardia ha fatto un passo indietro. L'altra guardia era occupata col gruppo dei braccianti. È arrivato un terzo SS che aveva sentito urlare. Sai, è arrivato uno di quelli stirati. È stato lui.»

«Quelli stirati sono i peggiori, non perdono tempo in chiacchiere. La prima parola per loro esce sempre dalla pistola. A volte la seconda esce dalla bocca. È stato lui a sparare?»

«Te l'ho detto, è stato lui. La prima guardia ha visto il sangue e si è messa a vomitare.»

«Sarà uno nuovo.»

Arriva Embryo. Sudatissimo ma sereno, camminando e gongolando come la più bella attrazione del circo. Si siede in mezzo a noi, fate largo al domatore. Ha una riga di fango che gli divide la faccia in due e mi ricorda il morto di stamattina, i capelli sembrano gli sterpi in riva alla palude, nella tasca della camicia ha una lunga buccia di patata.

«Prima o poi ti farai male» dice Zappner.

Embryo gli mette in mano un bel pezzo di buccia; un altro pezzo lo dà a me. Il boccone centrale se lo tiene per sé: lo guardo, non si è tenuto il pezzo più grosso, ha scelto a caso. Embryo è matto. Ora ride.

«Ma li hai visti? Hai visto che tecnica, che tattica, che precisione? Un po' di rincorsa, lo spingi nel punto giusto... Sono andati giù come cornacchie ubriache.»

Embryo continua a ridere. Mangiamo lentamente la buccia, la tiriamo coi denti, in silenzio. Passiamo spesso momenti così, in silenzio, dopo la scuola, senza dire nulla, ognuno pensa per sé, guardiamo le cose, i muri, le strade, guardiamo gli alberi, così, zitti. Ognuno per sé e il silenzio per tutti: anche ora, in questa specie di venticello che ostacola gli insetti, scuote le fronde e nega l'atterraggio alle mosche, stiamo muti. E guardiamo quell'acqua in cui non vogliamo specchiarci per nessun motivo, perché vedremmo le nostre facce brutte, vedremmo lo sporco nei capelli e comprenderemmo che siamo cambiati, che non siamo più quei ragazzi nei parchi di Praga, non siamo più quelle persone. Non ci guardiamo. Meglio godersi questa buccia, questa stagione di fiori che esce dall'acqua, sperando dentro di noi che la risata di Embryo non finisca mai.

«Credete che usciremo da qui?» chiedo.

«Un giorno ci porteranno via, non possiamo restare fermi.» Zappner guarda l'acqua.

«Stamattina hanno sparato a un uomo. Tu dormivi» dico a Embryo.

Smette di ridere. «Me l'hanno detto. Ma non potremmo parlare di cose più belle? Motivo?»

«Ha sputato a un nazista.»

«È un eroe» dice Embryo.

«È solo uno sprovveduto» dice Zappner senza molta convinzione. «E tu cosa ne pensi?» Guarda me.

«Penso che non avrei dovuto parlarvene. Quell'uomo non è morto per lo sparo, gli hanno caricato la moglie e due figlie sul treno, aveva la faccia di uno che non era già più vivo. C'è ancora sua sorella nell'edificio delle donne. Stanotte voglio scriverci sopra qualcosa.»

«Buona idea» dice Zappner.

«Tieni, pagamento anticipato. Ma solo se scriverai un bel pezzo.» Embryo mi lascia l'avanzo di striscia della sua buccia. «Bello, mi raccomando, non come le altre volte.»

Ridiamo. La buccia è finita, le pance ringraziano: nella melma, una foglia grande viene portata via dalla corrente, lentissimamente. Sulla foglia si posa una libellula azzurrognola, ci guarda incattivita e pensiamo senza esitare che è più libera di noi. Ma nessuno ha il coraggio di dirlo.

Capitolo tre

La notte del giornale

Mi sveglio. È casa mia. Filtra una luce dalla porta. Mi alzo, non riconosco i mobili ma è casa mia. Il corridoio è lungo, lungo. Mi appoggio a un muro di casa mia: anche se non è casa mia, è di carta. Anche l'altro muro è di carta. Apro un cassetto. Nel cassetto c'è un pastello rosso. Lo prendo e sto per scrivere il mio nome sul muro. Mi accorgo solo allora che il pastello è un coltello: il muro si taglia. Avvicino la faccia al taglio, guardo dall'altra parte: c'è una stanza, è il mio salotto. Non riconosco i mobili o le tende alle finestre ma è il mio salotto, a Praga. Il muro non c'è più. Mi siedo. Appoggio il coltello sul tavolo. Il coltello è un cucchiaio.

Apro un occhio. Quando la notte scende, solo i mostri se ne vanno in giro. Quando la notte scende, solo i pipistrelli lavorano. I pipistrelli e chi vuole scrivere in santa pace. È il *Lichtsperre*, il coprifuoco dei tedeschi: spengono le luci perché sono convinti che senza luce non ci siano guai. Niente luce, niente vita; niente vita, niente cattivi pensieri; niente cattivi pensieri, nessun problema.

Per noi della redazione il buio è solo un nascondiglio in più. Spesso si comincia da qualche parola al pomeriggio. Qualcuno dice di avere cose da raccontare, qualcun altro ha saputo che... ma lo dirà dopo. Così si rimane per qualche ora in attesa, con la curiosità di conoscere cosa accadrà, cosa verrà scritto. Poi arriva la notte, lentamente d'estate e tutta d'un fiato in inverno, come se volesse coglierti di sorpresa.

Siamo sotto le coperte nella camerata. Terezín, casa L417 stanza numero Uno. I letti a castello hanno smesso di cigolare, i bambini piccoli, che la sera piangono di più, hanno preso sonno. Ma noi siamo grandi, abbiamo tredici, quattordici e quindici anni, non badiamo più a queste cose. O siamo solo più bravi a tacerle e a reprimerle. Ora tutti dormono meno sette. Esco dalle coperte lentamente come la farfalla che si fa largo dal bozzolo per rinascere, ho la faccia della farfalla, la leggerezza della farfalla e la voglia della farfalla. I miei colori li porto nelle mani, non sulla pelle, ho la bellezza della farfalla ma tutta nel palmo. Le mie ali sono quei fogli che nascondo sotto il materasso. Io sono una farfalla. Sollevo il peso dolcemente, sfilo le pagine bianche e le pagine degli appunti. Cammino scalzo.

Devo precisare: tutti dormono meno sei. Embryo russa, come sempre: lo sveglio mettendogli una mano sulla testa, apre gli occhi senza stupore e si stropiccia la bocca. Lui non ha saputo cosa significa avere un letto solo tuo, tuo e basta. Gli altri invece sì. Lo vedi da come si svegliano: a volte i nuovi arrivati lo fanno come si trovassero ancora a casa, aprono gli occhi con una specie di serenità, come se ad aspettarli ci fossero una cameretta, una bella colazione, una famiglia, i loro giochi, il tappeto in corridoio, una giornata in cui sudare senza pensieri. Si accorgono subito dell'errore e intuiscono piangendo di essere a Terezín.

Zappner è già nell'altra stanza, è uno preciso; Josif e Zdenek stanno scendendo dai letti; Peter prepara i fogli e oggi ha recuperato un'altra matita dalla scuola. Edison passa assonnato, perché ha lavorato tutto il giorno.

Ci si ritrova intorno al tavolo, ormai gli occhi vedono nell'oscurità, dalle finestre arriva qualche luce debolissima, fari di sorveglianza, un lampione miracolosamente acceso lontano per far passeggiare qualche SS. Ci si vede abbastanza bene da non andare a sbattere contro niente. Zappner attizza un lumino, dice di averlo trovato vicino alla chiesa del paese. Basta e avanza a illuminare il tavolo e quanto ospita: fogli bianchi, pagine a righe, matite, penne, acquerelli. Sul pavimento, Peter si tiene accanto una scatola di cartone.

«Stanotte la macchina per scrivere non la usiamo.» Stira le labbra.

«Sapete se hanno cambiato qualche legge?» chiede Josif. È il più preoccupato.

Edison lavora con gli adulti e ne sa sempre qualcosa in più: «Aumentano le pene per le sigarette. Questa settimana si può scrivere una lettera a casa, ma vediamo cosa succede. È sempre illegale lasciar scritto cosa succede di giorno.»

«Illegale come prima?» chiede Josif.

«Illegale sai quanto, come prima» sbuffa Edison e punta due dita contro l'amico come se dovesse spararargli.

Peter lo guarda storcendo la bocca. Sempre meglio non spaventare Josif.

«Altro?» domanda.

«C'è la questione dei soldi. Lunedì i nazi hanno aperto una banca per gli ebrei e ci permettono di usare delle banconote finte. Ne ho vista una da cinque corone, c'è il disegno di un Mosè con la barba lunga e le Tavole. Di più non so, ma sono valide solo nel ghetto» conclude Zdenek.

«Oh, che sfrontato: sai che non si chiama più *ghetto*. Qui viviamo in una *zona di ripopolamento giudaico*» sorride Peter. Sorridiamo tutti.

«Dicono che gireranno un film» aggiunge.

«Sì, l'ho sentito anch'io.»

«Notizie di oggi: uno sconosciuto rapinatore ha trafugato selvaggiamente una buccia di patata a due gentili signori che stavano accordandosi su come dividersela civilmente e cucinarla» aggiungo.

Peter mi guarda e sorride: «Metodo Embryo? Per quello a cui hanno sparato mi ha detto Josif che hai scritto tu qualcosa.» Annuisco.

«Io vorrei fare dieci righe sui bastioni e su quello che si vede da lassù, sulla palude» dice Zappner, il bambino con la barba. Penso dentro di me che prima o poi bisognerà scrivere un pezzo sulla sua strana lanugine.

Aggiungo: «Josif ha fatto un disegno molto bello sugli alberi intorno alla palude. Lo hai qui?» Lo estrae da una cartelletta e ce lo mostra. È così bello. La redazione è d'accordo che vada in pagina.

«Sentito il rumore?» Mi si gela la schiena quando Zdenek parla sottovoce.

«Zitto, sentito?» Peter soffia sulla candelina. Buio. Silenzio. Passano alcuni attimi, riesco a vedere il bianco del naso di Edison. Ecco di nuovo il rumore.

«È un passo, ne sono sicuro» dice Josif.

Mi avvicino con Embryo alla finestra, senza fretta. Accosto la testa al legno, fuori c'è meno buio, la luna illumina la strada. Si è fatto sereno dopo la giornata di pioggia. Premo il naso contro il davanzale e faccio uscire un occhio lentissimamente: vorrei allungarlo. Un uomo è coricato in strada e si agita in un angolo, è uno di quelli che non hanno casa, soffrono la fame anche più degli altri e dormono in giro. Si corica, si rialza, si corica di nuovo poco più in là, sotto un albero, batte forte il piede contro il tronco. Ecco il rumore.

Faccio un segno a Embryo, che si volta verso gli altri e mostra i palmi delle mani per dire che è a posto, garantito. Peter riaccende la candela mentre ritorno al tavolo: riappaiono i volti dei miei amici, dei miei scrittori preferiti, eccoli lì. Vista da qualche metro, la redazione del giornale sembra stia pregando intorno alla luce. Ma senza Jiri non si prega più neanche al sabato, alcuni non vanno in sinagoga, perché c'è una piccola sinagoga nel ghetto, o forse non si prega più come prima. In questo tempo siamo ebrei per metà: a logica, dovremmo pregare per mezzo Dio. Ma ne vale la pena?

«Dicevamo.» Peter riprende il filo, agguanta una matita, prende nota.

«Sono arrivate sei, sette poesie dal gruppo dei piccoli.» È Zappner a mostrarle, è lui che tiene i contatti coi piccoli. Zdenek non lo farebbe mai, lui si sente grande.

«Sono belle?» chiede Edison.

«Sì, due tristi, una molto bella, le altre così così.»

Continua Edison: «Io scriverei un pezzo sul teatro. Oggi gli adulti parlavano di uno spettacolo nuovo, lo stanno finendo, mi hanno dato abbastanza particolari.»

«In costume?»

«In costume.»

«Fanno le prove alla caserma Dresda, come l'altra volta.»

«Nel solaio sopra le camerate delle donne.»

«Secondo voi gli altri lo sanno?»

«La notizia è in giro, ma magari non è ancora arrivata a tutti.»

«Altro?» domanda Peter.

«Ho una notizia del Barone» annuncia Zdenek.

Ridiamo. Il Barone è un certo Hanus e che sia barone non l'ha mai dimostrato nessuno, meno che mai lo stesso Hanus che dice d'avere sangue blu e anche possedimenti e terre e forse un castelletto sulle colline in Moravia.

«Cosa racconta stavolta?» Josif è curioso.

«Alluvioni. Dice che arriverà un'inondazione, un'alluvione, e che l'acqua uscirà dai fiumi impetuosa come ai tempi della Bibbia e allagherà i fossati e si riprenderà Terezín dopo essere stata costretta negli argini del fiume per due secoli.»

«E che altro accadrà?»

«Dice il Barone che l'acqua comparirà sopra i bastioni sommergendoli, poi arriverà fino in piazza, distruggerà i reticolati facendoli arrugginire, spezzerà le corde, aprirà le porte, scioglierà i lacci e farà annegare i nazisti.»

«Solo i nazisti?»

«Solo i nazisti. All'alba vedremo l'acqua arrivare strisciando, senza farsi sentire, come le piene di primavera, poi scroscerà più forte, sfonderà i parapetti, travolgerà i cavalli di frisia, ribalterà le camionette, sommergerà le colombaie e inzupperà le fosse comuni. Al momento buono dovremo rifugiarci ai piani alti o sui tetti.»

«All'alba di che giorno?» chiede Peter.

«Questo non me l'ha detto. Dice che seduti sui tetti potremo guardare lontano una pianura fatta d'acqua dove galleggiano solo nazisti svenuti e svastiche rotte. E quando l'acqua piano si asciugherà, e anche le ultime guardie e le ultima urla si saranno ritirate, scenderemo per le scale sorridendo e ce ne andremo a casa nella nostra terra, bagnati e felici.»

«All'alba di che giorno?» chiede anche Josif.

Zdenek sorride: «Ripeto. Secondo voi me lo ha detto? Il Barone racconta, ma non fa nomi e date.»

«Senza una data non possiamo pubblicare la notizia.»

«Pensateci, però» dice Zappner. «Questa notizia non va comunque pubblicata. La profezia funzionerà solo se prenderemo i nazisti di sorpresa, solo se l'acqua arriverà senza preavviso. Se pubblichiamo la notizia, c'è il rischio che le guardie vengano a conoscenza di tutto.» Zappner ora ride. Non si capisce più se sta parlando sul serio oppure scherzando. Quando si tratta del Barone, il tempo che passa è sempre un misto di euforia e ironia.

È Peter a stringere le redini guardando Zappner: «Prova a indagare, chiedi dettagli.» E ancora non si comprende se sia una richiesta autentica o se sia solo un modo per chiudere in bellezza.

Si volta verso gli altri: «Altro?» domanda di nuovo. È una specie di ritornello. Peter è il nostro editore e vuole sempre dell'altro.

«Tre pezzi sulla vita del ghetto» aggiungo, «più il mio sul morto.»

Embryo: «Metterei subito in pagina quello del morto. Gli altri tre li ho letti, uno può andare subito, gli altri li teniamo di scorta. Hanno mandato anche un racconto, ve lo leggo?»

C'era una volta, in un regno lontano, un posto strano dove le farfalle erano tutte bianche. Non c'erano farfalle dorate e scarlatte e di tanti colori, come ci sono da noi, ma se guardavi nei prati e tra i fiori vedevi solo e soltanto farfalle bianche, bianchissime. Un giorno arrivò una fata.

«Una fata?» interrompe Zdenek, storcendo la bocca.

«Aspetta, aspetta.»

La fata non era una fata buona, ma era una fata cattiva e disse: «Tutte le farfalle bianche diventeranno nere e chi non obbedirà verrà fritto insieme alle coccinelle e alle zanzare.»

«Così va meglio» Zdenek sorride.
«Lasciami leggere.»

Allora le farfalle si riunirono una sera in consiglio. Erano molto spaventate. Potete immaginare: le farfalle non sono forti come i cervi volanti e non hanno armi come le cimici. Sono indifese. Una di loro propose di scappare. Ma dove? Dove potevano andare? Un'altra disse che non c'era scampo e tanto valeva diventare tutte nere senza pensarci più. Una terza disse che non era possibile diventare nere, che non sarebbero state più farfalle se avessero accettato quello che la fata voleva. Una quarta propose a tutte di mangiare e mangiare e ingrassare fino a che non assomigliassero a bruchi, nascondendo un po' le ali e il gioco è fatto. Una quinta sbatté le antenne e si mise a tirare su col naso.

Finché entrò in ritardo la farfalla più piccola di tutte e chiese: «Cosa dice la legge della fata?»

Risposero in coro le altre: «Che tutte le farfalle bianche diventeranno nere, e chi non obbedirà verrà fritto insieme alle coccinelle eccetera.»

Aggiunse la farfalla più piccola: «Giusto: le farfalle bianche. Allora diventeremo colorate.»

La proposta venne accolta da un grande applauso. Tutte corsero a cercare i colori e ognuna si inventò un disegno diverso da pitturare sulle ali. Il giorno dopo la fata cattiva andò a controllare.

«Abbiamo già capito come va a finire.»

Una mosca si posa vicino alla fiammella e getta un'ombra lunga sul tavolo. Le sue zampette sottili sembrano tronchi d'albero e il suo corpo si fa grande. La fiamma traballa, la mosca saltella, sposta il peso finché non vola via seguita dalla sua ombra.

«Aspetta, aspetta. Dicevo che il giorno dopo la fata cattiva andò a controllare.»

Il giorno dopo la fata cattiva andò a controllare. Le farfalle facevano finta di niente. La fata cominciò a cercare le farfalle bianche, ma non ne trovava. Cerca qui e cerca là, si convinse che tutte le farfalle bianche se n'erano andate. Stava per tornare nella sua casa incantata quando cominciò a piovere.

Le farfalle non se ne accorsero subito, ma il colore sulle ali cominciava a colare e a sbiadire, e grandi goccioloni gialli e blu e rosa cadevano fino a terra. Qualcuna cercò con le zampe di trattenere la pittura, ma senza riuscirci. La pioggia aumentava. Alcune farfalle avevano già un'ala candida mentre tentavano di fermare quel celeste e quel rosa che scorrevano giù dall'altra. Altre svolazzavano appesantite dalla pioggia e dal colore, sgocciolavano arancio e cercavano un rifugio per ripararsi dall'acqua e dalla fata.

La fata si voltò di colpo e guardò il prato delle farfalle: era pieno di farfalle bianche che cercavano di nascondersi. Allora, infuriata, si mise a correre e a urlare, e le acchiappava con una rete magica per portarle a casa e friggerle. Ma la più piccola delle farfalle si era dipinta di verde. Si nascose sotto una foglia e nessuno la notò: così si salvò.

Ora c'è silenzio, Josif ha un occhio lucido. Peter riflette.

«A me è piaciuto. Lo mettiamo?» è Zdenek a parlare.

«Per il finale cosa decidiamo? Se lo legge uno dei piccoli si impressionerà.»

«Lasciamo com'è» dice Peter, e non capiamo se sia una domanda oppure una decisione. Ma siamo d'accordo, lasciamo com'è prima che Zappner cambi discorso, dice che è arrivato anche uno strano disegno del morto, fatto da uno dei piccoli: il muro bianco, una grande macchia color rubino, intorno un frullare di persone indifferenti, un nazista che urla. Ha un bastone in mano, sembra un cucchiaio.

Peter annuisce, sembra che gli piaccia. Distribuisce i fogli bianchi. Chiede a Josif per la copertina.

«Guardate cosa faccio.» Josif prende un foglio e una matita e si avvicina alla finestra.

Zdenek fa per alzarsi e afferrarlo per un braccio, si trattiene.

Josif è già sulla finestra, prende la mira, guarda verso l'alto e sullo sfondo nero il suo volto si illumina di bianco come un lampione. Appoggia il foglio al vetro e punta la matita. Ora il foglio sottilissimo, quasi trasparente, si trova nel punto esatto tra la sua faccia e la luna, infinitamente più vicino al naso di Josif che al satellite, è naturale. Josif inizia a disegnare, ricalca la forma della luna, ripassa i contorni e i vulcani, i fori e le sporgenze. Lo guardiamo interamente bianco, come guardassimo un fantasma gentile che non spaventa chi dorme ma si diverte a scarabocchiare contro le finestre. Il rumore della matita è il ticchettio di un insetto che cammina sul vetro.

«Finito» dice. «Ho ricalcato la luna.» Si volta verso di noi soddisfatto e ritorna al tavolo.

«Bella, eh? Più reale di così...»

«È solo più piccola» sorride Peter.

«Colpa tua: se mi portassi più carta, vedresti che disegni.» Josif finge di strangolarlo; poi disegna anche il razzo e il libro, lì accanto, e la stellina. Scrive *Vedem* con la V tutta allungata in orizzontale. *Vedem* vuol dire "Avanguardia", è il nome del nostro giornale. La testata adesso è pronta, bella.

Ci mettiamo d'impegno a ricopiare i pezzi. Passano minuti in silenzio, solo le penne lavorano in una specie di balletto sul tavolo. Una matita qui, un pastello là, un due e tre, a riscrivere in bella copia gli appunti e le poesie, anche la fiammella va a tempo, permette questo ballo? Il disegno viene attaccato alla pagina con la colla che chissà come Zdenek è riuscito a recuperare. Le parole si trasferiscono da un foglio all'altro, vanno ad abitare sui fogli nuovi e un po' per volta nasce il nostro giornale, bellissimo, ognuno una pagina, per stanotte c'è tempo e per domani vedremo. In riga e in ordine, i pensieri e i racconti si dispongono nel foglio, gli articoli assumono un'esistenza, sembrano anche migliori una volta trascritti sotto la testata. È il nostro settimanale senza stampa, senza edicole a cui consegnarlo, tiratura limitatissima, il più bello. Ancora due parole e si arriva al punto. A volte ci si arriva insieme. Di nuovo due chiacchiere veloci, un controllo finale.

«Finito?» chiede Peter.

Posiamo i fogli al centro del tavolo. Un'occhiata. Quattordici pupille sopra le pagine illuminate dalla lucina. Qualche correzione rapida. Chiuso.

«Leggiamo qualcosa ad alta voce?» chiede Zdenek.

Peter fa segno di no. Stanotte non c'è più tempo.

«Adesso fa troppo silenzio, è la volta che ci beccano» spalanca gli occhi Josif. Ha ragione.

Zappner soffia sulla candela. Ci alziamo.

«Buonanotte, amici.»

Torniamo a dormire. Domani è sabato. Mi ritrovo a letto in silenzio: ho ancora addosso molta luce e tutte quelle parole riscritte. Ho negli occhi il nostro giornale, ma un po' per volta ricompare tutto: il soffitto della cuccetta, la coperta che penzola, le scarpe in fila sul pavimento, qualche valigia. Mi ricordo che siamo a Terezín, che non siamo qui a scherzare ma ogni settimana dobbiamo fare il giornale. Vogliamo farlo, è un impegno che ci siamo presi mesi fa e lo abbiamo rinnovato stesi con la faccia nel fango. Abbiamo deciso da tempo: ci piaceva scrivere e disegnare anche prima di arrivare qui nel ghetto: in queste notti raccontiamo quel che succede ogni giorno, sapendo benissimo che è illegale, che forse ci troveranno, e che fine faranno le nostre pagine, i nostri pensieri? Tanti ragazzi ci passano poesie e racconti e disegni. Alcuni sono qui, dormono a un metro da me: a volte li conosco più per come scrivono che per quel che ci siamo detti. Ma ora chiudo gli occhi, ho un sogno da finire.

Sono seduto in salotto. Bussano all'ingresso, non vado ad aprire, mi basta guardare la porta perché questa si apra. Entrano dei musicisti, stanno suonando, sono violinisti, riempiono la stanza e non riesco a contarli. Rido, mi alzo per suonare col cucchiaio. Si sente un colpo in strada, i musicisti scompaiono, il salotto non c'è più, guardo fuori dalla finestra: la strada è piena di violini rotti.

Capitolo quattro

La mitragliatrice sotto il letto

1943, aprile

Ho aperto gli occhi e per un minuto mi è sembrato di essere nel mio letto. Poi ho visto Zappner che entrava dalla porta, e non ricordo che Zappner vivesse a casa mia, prima di essere trascinati qui a Terezín.

«Ti ho portato la colazione: biscotti, latte caldo zuccherato, pane e miele, cioccolata, burro e zucchero, fichi, arance, succo di lampone, ciliegie freschissime, crostata di mele, torta di panna, crema, gelato al cacao con bandierine della Repubblica Cecoslovacca di quando esisteva ancora.»

«Zappner, vai a quel paese.»

«Zappner, tagliati quei peli» urla qualcuno qualche branda più in là.

Mentre mi siedo sul materasso, il bambino con la barba si fa largo tra i letti a castello di legno. In terra c'è di tutto, panni, scarpe, indumenti, cappelli, un pupazzo. Lo spazio per passare è stretto e si rischia di calpestare qualcuno ancora sotto le coperte. Zappner lo fa, quello borbotta qualcosa ma si riaddormenta. Sono arrivati altri ragazzi e li hanno messi a dormire per terra.

Zappner approda al mio letto con un po' di fatica.

«Ecco qua.»

Tiene in mano una fetta di mela. Mentre si siede, vedo che ha una guancia rossa e il lobo del suo orecchio sinistro sanguina.

«Hai fatto a botte per questa?»

«Non so neanche come si chiamava. Gli ho tirato una scarpa addosso finché non ha mollato la presa.»

«Ti ha dato un calcio?»

«Una gomitata, subito, all'inizio. Non aveva capito con chi aveva a che fare.» Si asciuga col polsino della camicia una goccia che cola dal naso. Zappner aveva il cappotto più bello fra noi di *Vedem*. Peter dice che se l'è venduto per tre minestre, e non stento a crederci. Ora porta una camicia grigia. Forse era beige, in origine, ma i colori dei nostri vestiti erano molto diversi, un anno fa. Anche noi lo eravamo.

«Buona colazione» fa Zappner, dividendo la fetta di mela a metà e mangiandosi la sua parte.

Lo ringrazio con gli occhi. La mia metà ha ancora attaccato un resto di buccia gialla: sia benedetto chi taglia le mele in fretta.

«Se tuo padre scopre che rischi le orecchie per una mela…»

«Mio padre è dall'altra parte del ghetto e sono dieci giorni che non lo vedo. L'ultima volta mi ha portato una rapa. E indovina?»

«Indovino: aveva un orecchio che sanguinava.»

«Macché, mio padre non farebbe a botte.»

«Per te sì.»

«Insomma: indovina. La rapa era perfetta, la più bella rapa che ho visto in vita mia. Mio papà lavora negli orti dietro il bastione, l'avrà rubata là.»

«Ha rischiato più che di fare a botte, allora.»

Ricordavamo bene lo sconosciuto appeso alla forca. I soldati tedeschi gli avevano attaccato un cartello con scritto "Rubapatate" o "Rubacarote", una cosa del genere. È rimasto impiccato là per giorni, gli è nevicato sopra, gli sono sparite le scarpe e la giacca. La camicia non si toglieva, dicono, perché era ghiacciata insieme al corpo. Somigliava sempre più a un sacco steso, è diventato come un albero cresciuto al contrario e nessuno lo notava e se lo guardavi era come quando osservi un sasso, una nuvola, un palo della luce. Era inverno, ce lo siamo dimenticati, la corda s'è rotta e un mattino lo abbiamo trovato per terra, con un piede nudo e grigio che spuntava da un mucchio di neve. Di umano aveva solo quello. Il suo estremo viaggio d'angelo, lui col cartello attaccato, è stato un volo di un metro nella neve: lo hanno raccolto perché intralciava i carri sulla strada. Lo hanno seppellito in fretta là vicino agli orti, è tornato dov'era stato beccato. Così sottoterra ruberà tutte le carote ancor prima che nascano, quando arriverà la stagione giusta.

Usciamo. Qui a Terezín è d'obbligo essere felici, salutarsi, far finta che sia bello. Però non possiamo usare i marciapiedi nemmeno questa settimana. Le strade sono piene di fango e ci tocca attraversarle scalzi o quasi. Bello spettacolo. Le strade sono piene di gente di ogni stampo. Non distinguiamo nessuno, c'è chi lavora, chi mendica, chi le prende, chi si corica. Qui sono soprattutto adulti stranieri, una fiera triste, una folla di sconosciuti, mentre i nostri genitori sono un po' più in là, in una strada oltre la piazza, impossibile incontrarli per adesso. Una guardia controlla dall'angolo, ce ne sono altre due fissate e immobili come sculture a metà della via. Una camionetta in fondo ne scarica altre quattro. Camminano come se li avessero inventati loro, gli stivali, come a dire "guarda che belli che siamo, guarda che forti".

Visto da sopra, il nostro ghetto deve essere meraviglioso. È un paese vecchio. I nazisti lo hanno evacuato, hanno preso tutte le persone e le hanno accompagnate via, forse hanno comprato le case, non si sa bene, e ci hanno messo noi ebrei. I vecchi abitanti di Terezín hanno portato via ogni cosa, per paura di concedere ai giudei anche solo uno straccio, una sedia rotta, una lampadina. Da molte case hanno svitato le finestre, hanno lasciato mille buchi rettangolari; chissà che fatica hanno fatto, a calarle dal terzo piano, a trasportarle altrove, ma anche quella era roba loro e forse i nazisti non gliele avevano pagate bene e un regalo agli ebrei non si fa di certo.

Ora siamo troppi. Da quando ci hanno portati qui, i nazisti hanno continuato a deportare gente senza mai allargare il ghetto: c'è così tanta calca che ovunque guardi vedi solo persone che camminano, parlottano e premono, corrono, lavorano, si urtano e sopravvivono. Ci sono i grigi con la stella gialla e ci sono anche tanti ragazzi. Veniamo tutti da Praga o giù di lì. Siamo arrivati coi treni, ed era l'inizio di giugno del 1942. Adesso è passato quasi un anno. È successo tanto, anche Jiri non c'è più e ci ricordiamo bene di com'è andata.

Incrociamo moltitudini di tante nazioni. Gli ebrei che vengono dalla Germania e dall'Austria li riconosci perché sono anziani. Gli olandesi e i danesi hanno un modo di parlare strano, e sono radunati in due edifici diversi, uno non lontano da dove hanno messo le donne. Urti contro chi chiede l'elemosina, contro chi si sposta da un lavoro all'altro, ti muovi in mezzo a persone che traslocano scatole e bagagli, portano cose segrete in tasca, lo noti subito, ti imbatti in chi non ha più vestiti pesanti e cerca qua e là stracci caldi, vedi la fame da vicino, ci inciampi, perfino. E puoi anche vedere un uomo con la testa insanguinata, o uno disteso e scuro che non sai se sia vivo oppure morto.

«L'hanno interrogato» dice Zappner.

«Quello che sanguina? È un ladro?» chiedo.

«Macché, aveva solo fame. Adesso ha fame e male.»

Il paese è fortificato, circondato da enormi bastioni, grandi muri molto alti e doppi, tripli, che contengono a loro volta altri muri, stanze, passaggi, cunicoli segreti usati nell'altra guerra. I bastioni sono grandi strisce di terra larghe dieci o venti metri, tenute in piedi a destra e a sinistra da muri spessi e alti. Sui bastioni c'è abbastanza spazio per camminare e quando si può lo facciamo. Quando non si può, ci auguriamo di saperlo in anticipo.

Zappner è pieno di peli sul mento e sul collo, ha le basette folte nonostante abbia solo tredici anni. Non so chi ha cominciato per primo, ma lo chiamiamo "il bambino con la barba". Sembra più grande. E io? Anch'io sono cresciuto di fretta, se mi vedessi nella penombra crederei di guardare uno sconosciuto. Svoltiamo l'angolo. Le nuvole alleggerite scorrono veloci e volteggiano nel cielo. Prima dell'orizzonte, prima della città, di quella fila di alberi, prima delle guardie di vedetta, lo vediamo arrivare. È lui, nessun dubbio. Ci blocchiamo immediatamente: l'ispezione è cominciata.

Il comandante Seidl sta camminando tra i bastioni e le prime caserme, accompagnato da quel leccapiedi di Bergl. Attorno a loro, le guardie naziste armate cercano di marciare a tempo senza grandi risultati.

Arriva anche Embryo: «Sai che il tenente Bergl dorme con la mitragliatrice?» dice.

«Con la mitragliatrice? E dove la mette?» chiede Zappner.

«Ci dorme insieme, sotto le lenzuola.»

«Avrai capito male, dorme con una attrice, non mitragliatrice.»

«No, no. Quello con un'attrice? Ma scherzi? Di sicuro non gratis» ride.

«Non è possibile.» Zappner è incredulo.

«Non ci credi? Vaglielo a chiedere. Lo dicono per strada e lo dice anche Virka, quello che porta il pane nella caserma delle SS: quel bastardo di Bergl dorme con una mitragliatrice pesante nel letto, la tiene sotto le coperte così sta calda.»

«E se gli parte un colpo?»

«Magari», dico io.

Guardiamo i nazisti da lontano, sono all'ombra della caserma Amburgo, da dove partono i treni per l'Est. La gente, i nostri, gli adulti ebrei, si spostano quando passano i gerarchi, salutano con cortesia, si tolgono il cappello. Seidl fa schiaffeggiare un uomo, forse non si era inchinato coi dovuti modi. Poi ne chiama un altro. Si allontanano. Quello sembra supplicarlo, si parlano. L'uomo scelto da Seidl gli consegna un foglio. Seidl lo controlla. Chiede chiarimenti, indica, parlotta con Bergl, torna dall'uomo. Lo prende per la camicia. Gli urla qualcosa nel naso, poi lo lascia andare. Mentre questo si ricompone, Seidl e il tenente Bergl che dorme con la mitragliatrice se ne vanno, sembrano soddisfatti ma sempre isterici. Nazisti, insomma.

«E le cartucce, dove le tiene?»

«Non te lo dico dove le tiene.»

Passando, le guardie afferrano due uomini. Li riempiono di bastonate. Da lontano sentiamo le urla. Uno smette di strepitare, non si rialza, il soldato lo picchia ancora, come se volesse risvegliarlo per farlo svenire di nuovo. Non ce la fa: è morto? La gente intorno è bloccata a guardare. L'altro accenna a fuggire, lo inseguono. Ancora botte, lo trascinano via mentre grida. Gli altri nazisti osservano la scena, danno un'occhiata fuggevole all'uomo che non si rialza, uno si toglie una macchia di fango dallo stivale, se ne vanno. L'uomo a terra muove ancora un braccio, solo quello, come la bandiera bianca di chi si arrende.

«Se uno entra in camera sua, Bergl il tenente con la mitragliatrice lo ammazza.» Zappner sembra persuaso.

«Se uno entra di colpo in camera sua lo trova che russa, secondo me. O lo trova con l'attrice.» Ridiamo ancora.

Embryo incalza: «E se Bergl reagisce di colpo, rischia di spararsi addosso con la mitragliatrice. Fa prima a tirare cuscinate.»

I nazisti caricano il primo uomo su una camionetta. Chiudono in fretta e ripartono. Si sente la lamiera della camionetta che sbatte, coperta dal rumore del motore. Un nazista prende sottobraccio una donna, le dice frasi che da qui non sentiamo. Lei tiene la testa lontana e cammina con le gambe tutte storte, cercando di scostarsi.

«Ma secondo voi la mitragliatrice porta il pigiama?»

«Embryo, piantala.»

L'ispezione di Seidl prosegue, scavalca una rampa, i nazisti coi vestiti stirati scompaiono dalla nostra vista e scendono verso gli orti. Là ci sono i nostri genitori che lavorano. Altri sono nelle officine. Sappiamo che li sgriderà ma poi prometterà loro tante belle cose. Seidl è un cane, è fatto così.

«È un vero nazista.»

«Sì, perché esistono anche quelli finti.»

«E Bergl cos'è?» chiede Embryo.

«Comunque la storia della mitragliatrice non la bevo.»

Ritorniamo al nostro edificio. Dire casa nostra sarebbe forse troppo. Eppure è una specie di casa e ha anche un indirizzo: L417, casa dei ragazzi. I vecchi palazzi del paese sono stati trasformati in dormitori, ci hanno messo più ebrei che da qualsiasi altra parte del mondo, sicuramente. Non ne avevo mai visti così tanti insieme, nemmeno a casa mia, a Praga. Ho scoperto che alcuni vicini di casa che conoscevo sono ebrei, non lo sapevo. Dentro gli edifici sono affollati e pieni di puzza. Però i nazisti hanno messo noi ragazzi maschi insieme e questo non va poi male: almeno possiamo chiacchierare. Ma tra un minuto comincia la scuola, meglio non arrivare tardi.

Entriamo. La scuola è nello stesso edificio dove dormiamo, dove c'è la camerata coi letti a castello e prepariamo il giornale. A volte è al piano terra, intorno c'è anche un giardino minuscolo e dietro un parco, piccolo e recintato, poco più di un cortile, dove possiamo andare a giocare. A scuola vengono anche le ragazze. Le portano qui in fila e hanno vestiti migliori dei nostri perché non si sa come riescono a tenerli puliti, riescono a non strapparli. Come facciano è uno dei misteri che le donne si portano dentro.

Attraversando il cortile passiamo in mezzo a un gruppo di ragazze. Non sono tutte belle ma hanno un buon profumo, sono pettinate e una se la guardi diventa rossa. Una diventa rossa anche se non la guardi. Mentre Embryo si mette a inseguire una morettina con dei lunghi codini per farle il solletico, Zappner tira dritto verso la porta, si sente troppo piccolo per queste cose, non ci pensa. Io ho occhi solo per Vera. Guardo tutte come se non esistessero, cerco Vera in mezzo a loro, non la vedo, eccola! È in quel momento che mi blocco, sono pieno di emozione, mi esce dalle orecchie l'emozione, mi cola dagli occhi, mi metterei a piangere dall'emozione. Sento i gomiti freddi e vorrei che tutti sparissero istantaneamente, per lasciarci soli in questo giardino. Lei mi vede, fa ciao con la mano. Il tempo di risponderle (ma quanto ci metto ad alzare questo braccio?) e lei è già lontana, nuota in un gruppo di amiche che la circondano, si volta per entrare a scuola. La seguo, la inseguo.

Ci sono classi diverse per ragazzi diversi, ogni stanza ha la sua classe. Noi di *Vedem* siamo nella stanza Uno, quelli della stanza Cinque sono di *Dror*, che in ebraico vuol dire "libertà", e quelli della stanza Sette sono le Aquile, in ebraico

Nesharim, ma non c'è da preoccuparsi: i numeri uno siamo sempre noi. A volte ci si divide per età. A volte impariamo l'ebraico, a volte sono classi miste, dipende dal periodo, e in ciascuna c'è una calma strana. Sul banco, che poi è un tavolo, pochi oggetti, qualche libro, le matite. Abbiamo anche un righello o due. Mi siedo ancora col fiatone, preparo due cose, un quaderno, ma mentre le mie braccia lavorano da un lato la mia testa è bloccata all'indietro, verso sinistra, perché è laggiù che va a sedersi Vera. Eccola che entra, si accomoda con la grazia di una ballerina, prepara il quaderno, il suo volto si illumina per un raggio di sole che spia dalla finestra. Perfino il sole le carezza la testa. Ha una camicetta rosa dove ha nascosto le ali da angelo che le spuntano dalla schiena. Embryo dice che le spuntano cose migliori dall'altro lato, ma Embryo è il solito Embryo, non ci faccio più caso. Prende la matita con le sue dita morbide sopra e ruvide sotto, ricordo di averle toccate una volta che giocando abbiamo dovuto prenderci per mano. Inizia a scrivere due cose, forse la data del giorno, che bella scrittura deve avere, chissà come scrive bene le A di Amore, le M di aMore, le O di amOre, eccetera.

Entra l'insegnante. Abbiamo diversi insegnanti, donne e uomini. Uno di loro, Valtr Eisinger, è il nostro maestro. Ha anche un aiutante, un certo Pepek. Eisinger ci dice di scrivere, ci incoraggia, ci passa la carta e le matite per fare il giornale. Dice che è importante, che è un modo per resistere. Io pensavo che per resistere ci volesse almeno un fucile ma da venti settimane scriviamo *Vedem* e da venti settimane siamo vivi, tranne Jiri, naturalmente, che però non è morto per colpa del giornale, è stato ucciso e nessuno si è perso la scena, abbiamo visto, eravamo lì. Rischiamo la vita, e Valtr Eisinger più di noi, per restare vivi. È strano, perché sarebbe forse meglio non fare nulla per portare a casa la pelle. È come giocare coi coltelli proprio per non tagliarsi: non è logico. Eppure vale, è così.

Una voce soave interrompe i miei pensieri. È la voce di Vera che sta parlando all'insegnante. La sua voce è una viola d'amore, è un usignolo della passione, è uno dolce ripieno di baci. E com'è intelligente, anche quando sbaglia, e sbaglia spesso devo dire, ma lo fa perché è buona verso gli altri, perché è generosa, lo fa per amore, il mio amore.

«Lo sapete già che gireranno un film?»

È l'agente segreto Mosè a parlarmi. La sua voce è meno soave ma tutta grattata, gli esce dalla gola come uscisse dal tubo di scarico di un camion, come se avesse fumato mille sigarette un minuto prima. Indossa una maglia con le maniche lunghe, se la guardo vedo le cuciture: l'ha infilata al contrario. A scuola si siede vicino a me, è il mio compagno di banco. In pochi conoscono il suo vero nome, si chiama Mosè per davvero? Di certo sappiamo che agisce in segreto, è uno che sa sempre le cose con un po' di anticipo sugli altri.

«Ammettilo, non lo sapevate» sbruffoneggia.

«Lo sapevamo eccome, ne abbiamo parlato anche la settimana scorsa.»

«Bene, e quali dettagli conosci?» incalza.

«Uno: qui a Terezín ogni cosa deve essere finta e a posto. Due: il film servirà ai nazisti per quello. Tre: porteranno le cineprese da Praga.»

«Le cineprese arrivano da Berlino. Il film lo girano dei professionisti, portano un regista dalla Germania. Si tirano dietro le cineprese e i fondali. Voi della redazione siete i soliti pivelli, se non ci fossi io a darvi qualche dritta non scrivereste nulla. Lo sapevi che Eisinger ha uno zio nella Gestapo?»

«Questa è bella. E come mai sarebbe qui con noi, dunque?»

«Io so solo che ha parenti tra i nazi. Voglio vedere cosa ne pensate voi della redazione.»

«Piantala, e impara a vestirti» ribatto.

Mosè, o come si chiama, abbassa gli occhi per osservarsi incuriosito la maglia. Nota con una smorfia che l'ha indossata al contrario. Poi aggiunge con la sua voce grattugiata: «Metteranno a posto la piazza, ci si potrà passeggiare.»

«Passeggiare sulla piazza, scherzi?»

L'agente Mosè mi guarda come se avesse visto

un gatto morto al collo di una ricca signora: «Ho l'aria di uno che scherza?»

Il pomeriggio e la sera passano in fretta. Ora è arrivata la notte, ora sono nel letto, ora tiro la coperta, ora chiudo un occhio, ora chiudo l'altro, ora penso ai miei genitori, ora penso al mezzo Dio, gli chiedo delle mezze cose, ora ripenso a Jiri, ora muovo una gamba, ora riapro un occhio, cerco la finestra oltre i letti a castello, ora richiudo quell'occhio, ora sposto la testa per sistemarla meglio sul cuscino, ora raccolgo le spalle e le stringo, ora rilasso la pancia, ora sono sopra un missile spaziale. Il missile è come un salotto, è come il mio salotto. Non riconosco i mobili ma è il mio salotto, è rotondo e pieno di cuscini contro i muri. Parto, sono già partito, sento un rumore enorme, senza sentire in verità nulla vedo il fuoco oltre i finestrini e sento la forza delle fiamme che mi spingono verso l'alto. Controllo la pressione (è perfetta), il viaggio è cominciato benissimo, vedo la città da sopra, il razzo fa un giro sulla riva della Moldava, i cigni di Praga mi salutano invidiosi con le ali e col becco. Sorvolo il Castello e le piazze, una ad una, e in una larga e squadrata ci sono i miei amici col naso verso il cielo, sono lì a giocare e guardano me che me ne vado in mezzo a tutte quelle fiamme, salgo nell'atmosfera. Ora la città diventa un puntaspilli di tetti e campanili e vedo le campagne, i prati che i contadini stanno finendo di pettinare, barche che dormono, si accendono le luci ma sono solo puntini, lumini. Vedo anche Terezín laggiù, lontana, una città a forma di stella a sei punte ma tutta illuminata, come se ci fosse una festa. C'è un treno che parte. Passo attraverso le nubi, le trapasso così in fretta da tagliarle. Restano frammenti soffici di cumulonembi sui davanzali, cirri incastrati nelle fessure. Apro una finestra, entra un vento che non avrei pensato di poter sentire, allungo un braccio e accarezzo una nuvola, è come una pelliccia ma fresca, non ha spessore ma c'è, è come i fantasmi. Richiudo.

Ora sono così lontano dalla terra che non posso più aprire le finestre, rischio di cadere. Nello spazio vedo le stelle, sembrano tante città lontane e per ogni città posso immaginare gente che esce di casa, gente che va a dormire, gente felice, anche, vorrei fare una mappa di tutte queste metropoli stellari. Un giorno forse le visiterò.

Il viaggio continua, prendo un tè avvicinandomi alla luna, poi un altro e un altro ancora, se appoggio una mano alla finestra del razzo sento di non poterla più tenere in un palmo. Le sono vicino, potrei parlarle e lei mi sentirebbe. Mi volto verso il salotto, mi preparo una bevanda calda e seduto in poltrona aspetto di atterrare.

Mi sveglio, c'è silenzio. È buio, saranno le tre di notte o giù di lì. Dovrei attendere i rintocchi di una campana, di un orologio sulla torre come quando abitavo a Praga. Ma nulla. Mi alzo, gli altri dormono nella camerata e c'è un coro di respiri e sospiri bassissimi, fanno meno rumore della pagina di un libro quando la si volta. Cammino scalzo nelle tenebre, conosco i muri a memoria, vado a vedere la luna oltre la finestra. Attraverso un corridoio corto e in penombra che si apre sulle scale a sinistra, entro in silenzio in un'altra camerata nera, da dove si gode di una vista migliore, almeno per stanotte. Mi avvicino alla finestra, resa argentea dalla luce. Eccola lassù: quello che le dico non importerà a nessuno?

La luce della luna mi rasserena. Il suo candore mette a posto quel nodo nella pancia che non si scioglie mai, guarisce il labbro che continuo a mordermi di giorno, addolcisce i miei occhi resi duri dalle paure, dalle armi che vedo se cammino per strada, dall'essermi trasformato, come ebreo, in un pericolo sicuro. Soprattutto per me stesso. Ma la luna aumenta la mia nostalgia, penso a chi la guardava insieme a me, a mio padre che non vedo da settimane: so che è rinchiuso nelle baracche degli uomini. Chissà se guarda il cielo anche lui. Ora basta, o domani sarò troppo stanco.

È ritornando al mio giaciglio che mi spavento.

C'è qualcuno nel corridoio buio, un'ombra, un volto magro, pallido del colore della luna. Mi immobilizzo, divento tappezzeria, attaccapanni, forse non mi ha visto. Anche l'ombra bianca si ferma e mi guarda. Siamo bloccati. Il primo che si muove svelerà all'altro la sua presenza. Ma chi è?

Mi decido, mi avvicino, due passi, un altro mentre anche quello s'avvicina. Lo squadro, pronto a scattare, ancora un passo. Nella penombra vedo meglio i lineamenti, mi sembra di conoscerlo. Forse lo conosco. Lo conosco. Lo conosco bene. Alzo una spalla: sono io. Sono io quel fantasma, quell'ombra pallida nello specchio. Non riconoscevo la mia faccia troppo magra, né la mia pelle chiara, né i miei occhi lucidi diventati vecchi di colpo, o tornati troppo bambini altrettanto in fretta.

C'è un vetro a metà del corridoio. Faceva parte di una porta o di un armadio, è stato appoggiato lì. All'andata non mi ero specchiato ma la sua angolazione al ritorno era perfetta per ingannarmi. Sono io, quello. Sono io. Mi guardo come prima guardavo la luna e mi parlo, mi dico le stesse cose, come se anche io potessi esaudire i miei desideri con le mie forze. Che differenza fa? Tra la luna e la mia faccia, nessuna: stessi colori, stessi crateri, stesso silenzio. Sono io, quello, sono io.

Capitolo cinque

Il sapone negli occhi

A Terezín certe settimane passano senza che accada nulla. Ogni giorno è preciso a quello che lo precede e sarà ancor più identico a quello che seguirà. Ci si alza presto, due passi, la scuola, il ritorno: la scuola è clandestina, la organizziamo al piano di sotto o a volte di sopra, a volte in camerata, non c'è molta strada da fare per andare a lezione. Il pomeriggio a giocare nel piccolo parco, badando di non perdere di vista gli amici ma soprattutto Vera. La sera del venerdì riunirsi con la redazione, raccontarsi cosa è accaduto, ma non è accaduto quasi nulla, scrivere e scrivere, disegnare. E poi raccogliere i disegni degli altri e gli articoli di quelli che hanno qualcosa da rivelare per *Vedem*, per il nostro giornale, e sono tanti. A contarli non mi bastano le dita di tutta la redazione. Ci sono decine di ragazzi che non vogliono passare questi giorni senza dire la propria parola, senza riferire di quanto succede nelle strade, nelle camerate, di cosa hanno visto fare dalle guardie, di cosa gli scappa dentro. C'è chi racconta le proprie paure.

E a questi ragazzi non possiamo dire di no, nel racconto siamo fratelli e nella vita anche, siamo una repubblica di amici. Andiamo a letto stanchi e con gli occhi secchi per loro, io ed Embryo, Peter e Josif, Zdenek, Edison e Zappner, il bambino con la barba. Crolliamo nel sonno solo perché tutte le voci di Terezín possano farsi sentire, cerchiamo di non dimenticarne nessuna perché in segreto possano uscire allo scoperto, diventare una voce sola, la voce di *Vedem*. Che sarà fragile e debole, però è una voce contro le guardie, contro i nazisti che continuano a parlare di noi al passato, come se non esistessimo già più. È il rischio che possiamo correre, noi che non sappiamo caricare un'arma e mirare e sparare, noi che non sappiamo come si picchia un adulto con queste mani. Noi che non sappiamo curare le ferite ma possiamo solo raccontarle. Le nostre matite sono i bisturi e gli aghi per suturare, sono le pallottole luccicanti dei fucili, sono i bastoni della nostra rivolta. Le nostre parole rimarranno ma di noi non so cosa sarà, solo i nazisti lo sanno, e noi non siamo loro. Noi non conosciamo la morte, ma a malapena la vita, questa vita. Chiudo gli occhi.

Appoggio una mano sulla spalla di Edison. È come un gatto vecchio e riesce a vedere nel buio. Andiamo, camminiamo nel nero della notte per altri minuti, sento il frusciare dei miei passi sulle foglie, il ritmo dei sassolini che cadono gli uni sugli altri, sento la mano di Zdenek sulla mia spalla e più indietro il respiro di Embryo. Non ricordavo che qui a Terezín ci fosse una via così buia.

Arriviamo all'angolo di una strada. Tocca a Embryo guardare fuori. Lo fa, riporta la testa tra noi.

«C'è una guardia là in fondo. Chiacchiera con un'altra» dice.

«Che facciamo? Girano da questa parte?» chiede Edison.

«No, almeno non sembra.»

«Guarda ancora.»

Embryo si accuccia a terra, striscia e fa uscire la testa sull'angolo tra l'edificio e il terreno, lì dove un cane qualsiasi farebbe una pisciatina. Rimane coricato un minuto abbondante. Noi ci appiattiamo contro il muro, adesso siamo il muro, siamo fatti di mattoni e calce, siamo immobili e non respiriamo e siamo scuri, nemmeno il cuore ci batte.

«S'è addormentato?» domanda Zappner. Ma non era Zdenek a guidarci? Forse avrò visto male. Zdenek è sparito.

«Zitto» lo ferma Edison.

«Una guardia se n'è andata.» Embryo si appoggia a un gomito. «Se n'è andata anche l'altra» aggiunge.

Corriamo, lasciamo indietro perfino il rumore del nostro fiatone: siamo di là, contro un altro muro. Come sono amichevoli questi angoli, riescono a nasconderti bene, ti accolgono in una penombra che è una coperta calda. Ma stavolta non siamo il muro: il cuore ci batte troppo forte.

«A posto, si va.» Edison è deciso. Proseguiamo a camminare nel buio, passiamo sotto le finestre degli anziani, ci arrampichiamo su un davanzale aiutandoci a salire sulle spalle. Sbirciamo: in un grande camerone ci sono letti a castello come i nostri ma a terra sono sparpagliati infiniti oggetti e moltissime cose sono appese ai muri e ai giacigli. Chi dorme al piano alto si è procurato un lenzuolo o una coperta, l'ha inchiodata alle travi intorno al materasso e ha chiuso intorno l'aria, come una tenda o una scatola dove vivere senza nessuno che ti veda. Sono talmente invidiate che le chiamano "le ville".

Sono vecchi. Qualcuno scrive a casa, altri fanno e disfano, uno si tiene la testa tra le mani. C'è chi gioca a scacchi, chi mangiucchia un pezzo di pane. Hanno vestiti grigi e marroni, bretelle, non sembrano poveri, hanno l'aria di essere ricchi o di esserlo stati. Come se fossero esplosi, come se la miseria e la sfortuna fosse scoppiata loro in mano e si fossero trovati la volgarità dei razzisti tra capo e collo, le leggi razziali a farli inciampare, la fine ad aspettarli. Tra di loro c'è chi si regge con fatica e chi si fa aiutare anche solo per attraversare la stanza, chi si prende le gambe per mettersi coricato. Dalle finestre esce un gran caldo e mille odori diversi, di cui solo due o tre buoni. Si sente parlottare in una lingua che non conosciamo.

«Sono tedeschi» sussurra Edison.

«I tedeschi sono tutti maiali» dice Zappner.

«Sono tedeschi ebrei, ebrei come noi» aggiunge Edison. Zappner alza le spalle: la cosa sembra stupirlo.

Scendiamo. Camminiamo. Per raggiungere le case sull'altro lato dobbiamo attraversare il parco. Alberi alti e regolari si frappongono tra noi e la nostra intenzione. Ma qual era la meta? Non la ricordo. Embryo saprà? O forse Zappner: se c'è da andare, lui va. Ma dove? Verso cosa?

Tra un albero e l'altro saremo allo scoperto, è un problema da non sottovalutare: farsi beccare significa una cosa sola e non ci piace nemmeno nominarla, non fosse mai che qualcuno ci senta. Decidiamo di strisciare. Siamo nell'erba e nelle foglie, al buio. Le foglie sono secche e dure, ci passiamo attraverso con la faccia, non tagliano ma quasi, ci spettinano e si attaccano. Sento l'erba umida sotto le mani. Con il naso raccolgo i profumi del parco: mi sembra di sentire l'odore di chi è stato lì a passeggiare durante il giorno, mi sembra di riconoscere le persone e le facce, mi sembra di percepire perfino i discorsi che hanno fatto. È in quel momento che Edison urta contro qualcosa e un rumore metallico stridente e cigolante rompe l'aria alla maniera di un corvo spaventato.

«Ma Edison non sapeva vedere nel buio?» sussurra Embryo.

Ci blocchiamo, il guaio è fatto, sentiamo parlottare in lontananza, passi veloci e cupi, rumori, forse non ci hanno visto, forse crederanno che sia un animale, si accende un riflettore, forse non ci hanno creduto, il riflettore passa tra i rami ad altezza uomo, Embryo si appallottola dietro un albero, diventa una radice, io e Zappner, a metà del gruppo, ci schiacciamo a terra mettendo delicatamente le mani sotto i rami secchi e la testa nell'erba. Il riflettore getta una cascata bianca tra i cespugli, poi più vicino, poi più distante, ci cerca, noi cerchiamo Edison, era davanti a tutti: eccolo là, ora il riflettore punta nella sua direzione. Gira e rigira, hanno capito da dove veniva il rumore. Edison vorrebbe essere uno gnomo e nascondersi sotto una foglia, ma una non basta. Ora è una statua nera.

Il riflettore è fermo, aumentano i rumori di tedeschi che parlano, nazisti. La luce bianca che trafigge il parco e lo taglia in due trasforma i tronchi in grandi segni bianchi, visti da un lato, e in pesanti sfregi neri dall'altro. Guardati dai nostri nascondigli, paiono grandi incisioni buie, cicatrici nel cielo notturno o lettere dell'alfabeto dell'odio fosche e ostili, sono appunti della cattiveria presi così, nell'aria ferma sopra le nostre teste. In fondo tutta questa guerra e questa deportazione ci stanno passando addosso in modo simile: chissà quale parola formano contro di noi. Rimaniamo nell'ombra senza battere mai gli occhi, ormai secchi, Edison è una corteccia. Ci accorgiamo di loro solo in quel momento.

Tra un fusto e l'altro del parco sono sparpagliate decine di carrozzine da neonati, carrozzine con le cappottine, i ricamini, carrozzine alte e basse, chiare, più lussuose oppure più semplici. I raggi delle ruote dipingono ombre a forma di sole nell'erba, tra la sagoma scura di un albero e la fine della luce, là dove il riflettore non arriva. Edison ne aveva urtata una, l'ha fatta cigolare e cadendo l'ha fatta gemere forte, e ora cerca di nascondersi dietro quella carrozzina che ha messo in moto il caos. Non le avevamo viste prima: la luce le fa danzare e la brezza notturna le scuote, come se dovesse cullare mille bambini nel buio. Edison alza un braccio e tocca la corteccia. Tenta di rialzarsi.

«Ti vedono, fermo!» sussurra Zdenek.

Ecco che è tornato. Ma dove si era cacciato? E perché Zappner non c'è più?

«Fermo! Fermo» urla Josif divertito e preoccupato, e sul pavimento battono sette, otto piedi, disordinatamente. Apro un occhio senza nessuna voglia, l'altro occhio è ancora sotto la coperta. C'è un bel tepore ma la curiosità di sapere cosa sta accadendo è troppo forte: sfilo la testa dal sonno e lascio indietro il resto del corpo al caldo, casomai non ci fosse nulla di interessante e valesse la pena di tornare a dormire ancora un po'. Mi chiedo perché Zdenek abbia sostituito Zappner e viceversa. Un sogno premonitore?

Si sveglia anche il resto del mio corpo: a dir la verità sembra ci sia qualcosa di molto interessante. Ho riconosciuto le voci di Josif e di Edison, mi pare ci sia anche quella di Peter che ride. Ma la prima faccia che vedo è quella di Maria Teresa d'Austria.

«Buongiorno, suddito!» È una vocina a parlare. La voce della regina?

«Inchinati e non fare quella faccia!»

Metto a fuoco meglio: è strana come regina. Intanto ha la voce stridula, poco dolce per un'altezza reale. E poi è così scura... E quelle mani rosa al posto delle orecchie mi dicono solo una cosa: Edison è matto da legare.

Mi metto a sedere sul letto. Edison torna alla carica contro Josif e fa la vocina acuta: «Suddito Josif, prenda un rasoio e faccia la barba al suo amico il suddito Zappner, immediatamente. Mi ha sentito? Immediatamente!»

Josif esegue e Zappner fugge urlando finte parole in tedesco.

Ridono, rido anch'io.

«Ma da dove salta fuori questa cosa?» chiedo. Edison porta la regina fin sul mio letto. Da vicino è logico: è un busto di gesso della regina Maria Teresa d'Austria, scurita dal tempo e dalla pioggia. Lo capisco solo ora perché sul basamento c'è una scritta piccolina.

«È pesante?» chiedo.

Ma la domanda più giusta sarebbe: "Dove diavolo l'hai trovata?"

Edison mi anticipa: «Non l'ho trovata. L'ho vista due settimane fa. Siamo stati con la squadra di lavoro a sistemare alcuni cavi nei sotterranei della caserma accanto alle rotaie, sai, quella dietro il bastione grande, la Sudeti.»

Ascolto. Sono l'unico a non saperlo ancora.

«Eravamo in sette, otto, ci mettiamo a tagliare fili, inchiodare, svitare, segare assi, il solito lavoraccio sotto gli occhi delle guardie, naturalmente. E lì in bella vista cosa c'era? La regina Maria Teresa!»

«Eri nella stanza della regina?» chiede con accento tedesco Zappner, il bambino con la barba.

«Ma no, ero in una specie di cantina. E in un

mucchio di carabattole in un angolo cosa vedo? Lei, in tutta la sua bellezza.»

«Insomma, bellezza...»

«Bellezza, bellezza! Voi non capite: questa è un'opera d'arte.»

«Vai avanti.»

«Dunque, la prima volta la vedo e faccio finta di niente. Il giorno dopo ci chiamano di nuovo per uscire a lavorare, e dove ci mandano? Stesso posto, nel sotterraneo, stessa stanza. Così controllo meglio il busto: vedo la scritta e capisco che si tratta di una cosa rara e preziosa. Si trovava a terra tra vecchi fusti di latta, credenze rotte e molle da materasso. C'era uno straccio ammuffito. Cosa decido, dunque? La copro con lo straccio e per tutta la giornata faccio finta di niente. Spero che nessuno la veda, insomma.»

Siamo in silenzio per il racconto di Edison. Anche chi l'ha già sentito non fiata. Il nostro amico è l'unico che lavora e può vedere il mondo con occhi differenti.

«Poi non ci hanno più chiamati per andare nel sotterraneo. Ci hanno fatti uscire altre volte, ma in altri posti, per lavori noiosi e senza senso, però faticosi. E intanto penso a quel busto, ma non posso parlarne perché ho paura che lo trovi qualcun altro. E stamattina presto cosa accade? Ci portano nel sotterraneo. E vedo che nessuno ha spostato lo straccio.

Così lavoro lavoro e butto l'occhio alla mia opera d'arte. Lavoro lavoro e curo che nessuno voglia rubarmela.»

«Ma mica era tua» dice Josif.

«Vostro onore, se vedi una cosa e sei sicuro che non è di nessuno, è tua» lo blocca Edison, come se si fosse preparato la risposta da mesi. Poi prosegue.

«Una *Gettowache*, sai, uno dei nostri che collabora coi nazi, prende da parte me e altri quattro e ci ordina di pulire. Ci fa vedere cinque carriole. Ne prendo una e vado a colpo sicuro. Carico il busto per primo, coperto dallo straccio, e lo nascondo per bene rivestendolo di sabbia, lampade rotte, pezzi di mattone e un mucchio di polvere finale, come lo zucchero a velo sulla torta. Esco con un peso che mi spacca la schiena ma sono l'unico che cerca di trattenere il sorriso. Ed eccoci qui. Ora però torno a lavorare: e voi andate a scuola, bambini.»

Qualcuno gli tira un calcio, un altro gli stringe la mano.

«Se ci scoprono, ci taglieranno in due per farci assomigliare al busto» dice Josif. E si mette a giocarci insieme a Peter e Embryo: corrono, ridono.

Corrono anche intorno al letto di Jiri, fanno festa anche a chi non c'è più. C'è ancora il suo cuscino, coi capelli che perdeva nelle settimane più fredde, non abbiamo fatto in tempo a scoprire perché. Li perdeva e basta, come li perde Josif perché mangia poco, li trovavamo nei corridoi dov'era passato, si ammucchiavano a gruppetti come strani segni di matita tracciati per terra. Sembrava che i capelli avessero qualcosa da dirci. Da scriverci, più che altro.

Accompagno Edison fino al piano di sotto. Sono le sei del mattino ed è ora di lavarsi.

Il sole è ancora a letto, sui muri si allarga un pallore leggero e turchino che recapita attraverso la finestra l'aria dell'aurora. Il grido di un gallo sperduto oltre i campi approda fino a qui, là fuori, fuori dal ghetto e dai suoi muri c'è l'esistenza che prosegue, immaginiamo contadini nei campi, famiglie che festeggiano un nuovo nato, bambini che corrono per i prati: la natura stessa qui a Terezín è imprigionata e sospesa mentre là fuori si desta, canta, gioisce, segue il flusso delle stagioni, annuncia che un giorno nuovo comincia e tempo da perdere non ce n'è, insiste a vivere mentre qui nel ghetto insistono a morirci.

Il vocalizzo del gallo prosegue a intermittenza, la brezza lo trasporta oltre la riva dell'Ohre, gli permette di scavalcare i bastioni, di sconfiggere le sentinelle appostate, gli stirati che urlano, i grigi che vanno a lavorare, il canto svicola nelle vie incurante dei divieti e dei cartelli, delle sbarre, s'intrufola nei corridoi della nostra baracca, li perlustra per dare il buongiorno anche al più ritardatario tra noi, arriva alle nostre orecchie mentre ce le laviamo. Edison ha la faccia insaponata.

«Non sarà pericoloso?» gli domando. Intorno a noi altri si lavano, l'acqua è fredda.

«Cosa dovrebbe essere pericoloso?» chiede, facendo le bolle.

«La testa della regina: non sarà uno scherzo che ci fregherà? Non sarà come la lampadina?»

«Qui è pericoloso» mi risponde al volo mentre si sciacqua il sapone dagli occhi. Si pulisce la bocca e le guance. Un colpo d'acqua sul collo, e la sua voce si fa più incerta. «Perfino passeggiare, scrivere a casa, salutarsi. Perfino respirare lo è, certi giorni. Anche quando ti togli il sapone dagli occhi è una specie di benedizione. Non si sa mai cosa può accadere tra il lavandino del mattino e il lavandino della sera: godiamoci questo minuto, quest'acqua, quest'acqua santa.»

Ci guardiamo. Lo so, guardarsi non basta, ma è come se ci capissimo, come se ci fossimo intesi fin dal primo punto interrogativo. Edison sa cosa accade altrove, a Terezín, lo sa perché lo portano ad aggiustare fili elettrici e cavi e lampadine, lo sa perché ha visto i nazisti lavorare, non solo nelle strade accanto alla nostra casa o nella piazza, li ha visti più veri e più autentici, li ha visti sotto la pelle.

Usciamo. La strada è già piena di sciami di grigi, il sole è coperto dalle nubi, dagli alberi, dalle case e dalle persone, ombra su ombra più ombra. Edison me lo ripete, con la faccia mezza buia: «Non si sa mai.» Me lo dice in forma di profezia, prima sembrava più speranzoso.

E mentre dice "mai" sale sopra un carretto che porta i lavoratori verso le officine e gli orti. Il carretto è pieno di gente cupa e ferma, nessuno sembra essere granché vivo, qualcuno apre un occhio, altri stringono le spalle e guardano niente. Il mezzo s'allontana lentamente, è scuro con ricami di legno che un tempo dovevano essere stati dorati, ha il tetto a baldacchino color della notte e ha le ruote di ferro dipinto. Edison mi saluta con il braccio. Ricambio e in quell'istante mi accorgo che il carro su cui è salito è un carro da morto. Carico, stracarico di gente viva e vegeta e costretta a lavorare, tirato da uno scheletro di cavallo magro e nero come un requiem. Gli occhi del cavallo sono nascosti nelle orbite, gli zoccoli battono la sua danza nel fango della strada, sollevando spruzzi dalle paludi dell'aldilà. Edison si fa spazio tra gli altri vivi portati dal carro da morto. Vivi con l'aria di morti. Li sposta come fossero cappotti vuoti, pieni solo di paglia, spaventapasseri fabbricati in serie per essere sistemati nei campi tra Terezín e Litomerice. Anche Edison tra loro sembra un morto tra i morti.

Ondeggiano, se ne vanno, la giornata appena iniziata si richiude su di loro e sul mesto canto del cavallo.

I morti veri aspettano per giorni, buttati in mezzo alla strada, li vediamo, e i vivi usano il carro funebre per spostarsi e andare a lavorare: li vedo andare via, distolgo lo sguardo e mi volto verso la scuola solo quando anche il piede di Edison, che penzola fuori, è scomparso dietro l'angolo della strada sopra l'ultima ruota nera.

Più in là, un sole indifferente rinasce e comincia a salire lentamente verso il centro del cielo: è chiaro che non sa nulla di Terezín, di quel che succede a noi ebrei, delle guardie, dei nazisti e dei morti vivi e dei vivi morti. Non conosce la nostra sofferenza, non sente il pianto dei piccoli di notte, non conosce la nostra paura quando sentiamo un rumore, quando l'orecchio capisce che c'è un pericolo, quando un nazista batte i tacchi o carica l'arma. Ce lo diceva sempre, Jiri. Il sole non sa nulla, non ci vede quando facciamo il giornale o rischiamo la pelle per finire di colorare un disegno. Non avrei mai pensato di potermi arrabbiare con il sole, di non potermi nemmeno godere lo spettacolo dell'alba quando sta per cominciare, non servono biglietti, e posso vedere l'azzurro che ingiallisce là in fondo, oltre i bastioni, oltre il primo ramo del bosco. Non avrei mai creduto di odiare il sole. È tutto, mi volto, vado a scuola.

La frequentiamo fingendo di trovarci in un luogo per chiacchierare: la scuola è clandestina. Non so se i nazisti se ne siano mai accorti. Se sì, è un modo come un altro per tenerci a bada e forse per questo non se la prendono e non ammazzano qualcuno. Come Eisinger, ad esempio: è un miracolo che sia ancora vivo, lui e il suo braccio destro Pepek. Se la sono sempre cavata ma hanno sempre rischiato l'ultimo giorno, l'ultimo minuto. Qui è la regola, o così o niente.

Zdenek sta disegnando: crede di non essere capace ma per me non ha una cattiva mano, solo preferisce fare dell'altro. Mi avvicino.

«Cosa disegni?»

«Jiri.» Guardo. C'è un ragazzo che corre, con i calzoncini rossi da atleta. Lì vicino tre persone battono le mani, tre come dire mille persone, tutte le persone. Zdenek sta colorando la pista dove corre il nostro amico: è proprio lui, gli somiglia.

«Gli somiglia. Ma correva con te?»

«No. Però correva forte» risponde senza alzare la testa.

«L'hai mai visto su un campo da atletica?» chiedo. Da quando Jiri non c'è più, lo invitiamo continuamente nei nostri pensieri.

«Mai. Però se lo sarebbe meritato. Così glielo sistemo io, lo disegno mentre vince una gara. Adesso faccio un bel sole.»

Guardo i raggi color paglia che spuntano da un cerchio nell'angolo del disegno, in alto a destra, sopra le teste degli spettatori. Mi chiedo se sono così stanco da odiare il sole anche quando è disegnato: la mano di Zdenek aggiunge tre colpi di pastello rosso, fiamme più calde che incendiano il foglio e sfiorano le mani di chi applaude, forse bruciandole.

«Se lo meritano, per gli applausi che Jiri non ha ricevuto da vivo.» Non so se il mio sia solo un pensiero.

«Oggi sei molto arrabbiato» sento dire dietro di me. Mi volto innervosito: chi s'impiccia, chi sfotte?

È stato Manuel. Avrei dovuto riconoscere la sua voce un po' trascinata sulle vocali. Mi sorride, se ne va facendosi largo tra i tavoli e sono più le cose che urta e scompiglia di quelle che lascia in pace. Manuel è un tipo strano, non abbiamo mai capito se è un ragazzo come noi o se è più vecchio, è uno di cui non indovini l'età. Non sappiamo di chi sia figlio e nemmeno lui lo sa, passa le giornate da solo e sorride sempre a nessuno. Sperona anche Embryo che è seduto da un po' al suo tavolino, ma

Embryo non sembra infastidito. Accanto a lui s'è accomodato Erik: Erik non fa parte della redazione, è il bambino pettinato. Non sappiamo come fa, è sempre pettinato, ha i vestiti a posto, ha tanta di quella paura che forse a stare pettinato è convinto di passare inosservato, e invece lo si nota anche di più. Con i nazisti cerca di essere trasparente. Si sente ancora a casa, meno solo, a vestirsi bene come quando abitava a Praga. Chissà dov'era casa sua, chi ci vive ora, chi gioca coi suoi giocattoli, perché giocattoli ne aveva di certo, certo aveva anche una cameretta e un armadio, una bicicletta, magari.

Embryo gli sta togliendo i pidocchi. Erik è voltato verso di me ed Embryo è in perlustrazione sopra la sua testa, trova insetti a manciate, li uccide spremendoli tra le unghie.

«Ne hai troppi: dove hai dormito?» chiede.

«Il mio letto è sull'angolo, forse c'è più caldo. Forse ai pidocchi piaccio così.»

«Secondo me hai i capelli troppo puliti» dice Embryo. Il re dei capelli sporchi non ospita nemmeno un pidocchio, non sta parlando a vanvera.

Erik è qui dagli inizi del '42. Ha sperimentato le prime settimane come noi della redazione, era vicino di letto di Jiri quando ancora il nostro spazio era racchiuso in una stanza dentro un dormitorio di adulti. Ci hanno poi dato una casa intera, dove si poteva fare la redazione senza svegliare nessuno.

Lezione. Nuove cose. Finisce senza sollievo: la scuola nel ghetto è un tempo di libertà e piacere, non certo come a Praga. Nell'orrore una cosa che prima era brutta può anche essere di conforto. Usciamo.

Manuel è già al lavoro, sorride sempre e anche adesso ci sorride, ci saluta con il braccio sopra la cancellata e la siepe di rose gialle del suo orto. Lo chiudono lì appena finite le lezioni, in uno spazio accanto al giardino dei piccoli dietro la scuola. Oltre alla poca verdura, coltiva dei fiori. Con le verze non ci sa fare ma coi boccioli è un prestigiatore, gli viene bene il mestiere del fiorista: i nazisti lo hanno dimenticato, lo scordano ogni giorno tra i suo gambi, le sue foglie larghe o strettissime, le erbacce che elimina e cerca ogni mattina, le corolle colorate che carezza al pomeriggio, le gemme a cui porge lunghi saluti la sera, è così innocuo che nessuno bada più a lui, lo ignorano e lui ignora loro, si serra nella rete e lavora sodo senza pensieri e malinconie, non bada alla calura e all'acquazzone, al dispetto, alla paura, il suo è un ghetto microscopico e lieto nel ghetto grande e triste.

Che ha i denti storti lo vediamo fin da qui, ma il suo risolino ti fa diventare immediatamente specchio, ti fa venir voglia di ridere a fior di labbra, così lo salutiamo e sorridiamo. Felice, Manuel recupera senza voltarsi la piccola zappa che ha appoggiato alla rete e riprende il suo lavoro.

Capitolo sei

Lunga vita alla Repubblica delle Farfalle

1943, ottobre

Quando arriva la notte, è Peter ad accendere il primo lumino. Lo senti nel buio, qualche letto più in là, che maneggia candeline e fiammiferi. Dà un primo colpo: il fiammifero dev'essere umido e il buio rimane buio. Resto sotto le coperte a osservare senza vedere nulla. Un secondo colpo, Peter sussurra qualcosa, probabilmente sta maledicendo l'umidità o il fiammifero. Terzo colpo, una luce sconfigge le tenebre, vedo il volto di Peter che sorride, le sue mani che tengono la candela e nella penombra la camicia vecchia che usa come pigiama ha l'aria di un vestito elegante. Vedo il suo letto a castello e quello accanto a lui, e tutte le nostre bazzecole sparpagliate sul pavimento sembrano in ordine, come nelle camerette di una volta, quando abitavamo in città. Peter cammina lentamente per non urtare quelli che riposano a terra, la sua lucina si sposta e saltella lasciando nel buio le prime cose che avevo visto e illuminando poco per volta lo spazio tra le file di letti a castello, un nuovo carabattolame di oggetti a noi preziosi, cucchiai, volti di amici che dormono.

Più in là se ne accende una seconda, credo che sia Embryo, e mentre Peter avanza con la sua luce quell'altra luce si sposta in orizzontale, illumina di rosso e arancio altri letti e nuove cose, un muro diverso, taglia sul fondo la traiettoria della prima luce. Ne incrociano una terza, più chiara e gialla, che ha appena preso vita sotto un letto a castello, si alza e cammina, forse è Zdenek. La terza luce si avvicina a una quarta, procedono insieme come in un balletto lungo un corridoio formato dal muro e dalle spalle delle brande, coperte e panni stesi e storti, la luce di Peter è quasi fuori dalla stanza e la seconda luce si avvicina a me. Vedo gli occhi di Embryo.

«È ora» sussurra.

Mi alzo, il tempo di sollevare un poco il materasso e di prendere i fogli nuovi nascosti là sotto e mi lascio accompagnare da Embryo e dalla sua luce che illumina i nostri passi soffici e scalzi, su coperte cadute e assi di legno che, attenti, scricchiolano troppo. Ci raggiungono gli altri lumini, ci guardiamo. Arrivano anche Edison e Josif, usciamo dallo stanzone, ci spostiamo al tavolo della redazione e i miei amici posano le luci sugli angoli del tavolo. Le spegniamo mentre ci sediamo. Ne rimane accesa una sola, al centro, e può accontentarci.

Di lì a poco il tavolo diventa redazione e si affolla di fogli pieni di disegni e appunti. Ogni volta abbiamo collaboratori molto diversi, anche adulti. Informatori, anche. I disegni di solito sono molto belli, arrivano dalla scuola, sono fatti coi pastelli oppure a collage. Le carte da collage sono finite da mesi e i bambini usano pezzi di stoffa e ritagli che trovano, angoli di scatole di cartone, carta millimetrata pescata chissà dove, il retro di vecchi documenti protocollati, stoffe vecchie, vestiti strappati. Questa settimana ne sono arrivati molti.

«La prima novità è che hanno portato via il rabbino. Caricato sul treno» comincia Peter.

«È vero?» chiedo. Noi ebrei siamo come frammenti di carta per i collage, non ancora fissati, ora sei qui ma tra poco volerai via.

«Vero. Li portano in Polonia o comunque a est.»

«Quanti ne hanno caricati stavolta?»

«Fredy che lavora dietro la caserma Amburgo dice cinquemila. Ma non ho dettagli. Qualcuno ne sa di più?»

Stiamo zitti. Peter si risolve.

«Ne parliamo la prossima volta. Altro?»

«Un mucchio di alberi» dice Josif.

«È così. In questi giorni a scuola hanno disegnato quasi solo foglie e cespugli. Attenti a questo, a me piace molto.» Embryo allunga un foglio: è bianco da un lato, dall'altro è ricoperto di colori e pennellate disordinatissime e confuse, la maggior parte verde scuro.

«È un albero, secondo te?», chiede Zdenek.

«Certo, guarda bene. C'è il tronco, le foglie, una radice che spunta e anche un cespuglio sotto.»

«Dove le vedi, queste cose, lo sai solo tu.» Zdenek non è convinto.

Embryo borbotta, poi aggiunge: «C'è questo e altro e c'è anche un cerbiatto nascosto dietro il cespuglio, guarda bene.»

Zdenek accenna un sorriso e capisce. Mettiamo in pagina il disegno. Lì vicino ci starebbe bene una poesia. Ne leggiamo alcune, parlano di nostalgia e di casa, di dolci, di colori. Ce n'è una che parla delle foglie.

«A me sembra perfetta.» Peter appoggia la poesia sul tavolo dopo averla letta.

«La ricopio io. Peccato non averne trovata una dedicata ai cerbiatti.» Embryo prende un foglio bianco e si mette a ricopiare lasciando lo spazio per incollare il disegno.

«Altri disegni.» Peter continua a sottoporci ogni cosa, è importante che le decisioni vengano prese da tutti insieme. È la Repubblica di Shkid. Cosa sia Shkid, nessuno lo sa di preciso, c'è chi pensa che siano le iniziali delle parole *Scuola* e *Casa,* come fossimo ancora bravi ragazzi, chi pensa sia il nome di un orfanotrofio in Russia, e tutti credono in una ipotesi diversa ma bisogna fidarsi: sarà qualcosa di bello, qualcosa che ci fa sentire amici. La nostra repubblica è fatta di parole e di colori.

«Questo non mi sembra molto bello» dice Zdenek.

«L'ha fatto un bambino piccolo, o forse una bambina.» Zappner gira il foglio e controlla il nome. «È di una bambina di sei anni: non essere crudele.»

«Sarà, ma a me non piace molto.» Sul disegno una fila di persone arriva a Terezín, hanno sguardi tristi e valigie. Dietro di loro c'è un soldato delle SS. Comincia a piovere. Non nel disegno ma sopra di noi. Si sentono le gocce insistere sul tetto, non fa freddo ma si ha la sensazione di volersi coprire: uno scroscio leggero leggero, quasi senza consistenza, si mette a picchiettare con poca voglia. Sospendiamo per cinque secondi, ci godiamo il rumore, proseguiamo.

Mettiamo il disegno della bimba insieme ad altri quattro che sono stati consegnati alla redazione: mostrano l'arrivo a Terezín. Per ciascuno di noi quel momento è stato duro e triste. È il momento in cui si attracca sapendo di aver abbandonato quel che c'era prima, è l'attimo in cui si salutano i genitori. È quando si piange, insomma. Poi è nata la

Repubblica di Shkid, per essere madri e padri gli uni degli altri. E per piangere meno.

In un altro disegno una *Gettowache*, una guardia ebrea, controlla col manganello una fila di persone. Le guardie ebree sono poche e collaborano coi nazi per garantire la calma, portano cappellini ridicoli con la banda gialla ma bastano quelli a farli sentire meno insignificanti. Lì accanto una seconda guardia, tedesca, usa il fucile per colpire un signore a terra. C'è un segno di acquerello rosso che scende dalla pancia dell'uomo e tocca le pietre scure.

«Sono arrivate anche alcune poesie. Ce n'è una molto bella che parla di una farfalla» dice Peter.

«O meglio, dice che qui non ci sono farfalle» aggiunge Zappner, che l'ha già letta.

«Ne avete mai viste voi? Io no.» Edison giocherella con la cera della candela. La pioggia rallenta, poi riprende.

«A me una volta è sembrato di vederne volare una dietro i bastioni, ma non sono sicuro. Qui ci sono solo insetti strani, cimici e libellule.»

«Qui le farfalle non vengono a stare.» Embryo guarda Peter.

Dal mucchio esce un disegno grande con una farfalla al centro. I pastelli a cera la rendono quasi viva, densa e ruvida, sicuramente più spessa di una farfalla vera, coloratissima. Resta in mezzo al tavolo e la guardiamo così intensamente che potrebbe prendere il volo, ma non lo fa. La fiammella al centro delle nostre mani gioca a sventolare come una bandierina di fuoco, e anche le ombre delle dita e delle matite e le ombre sotto i nasi della redazione giocano a spostarsi, trasformandoci in giullari e mostri, fantasmi di noi stessi. La farfalla resta lì, appesa ai nostri sguardi: vorremmo trasformarci in lei, diventare farfalle e andarcene dalla finestra, sotto la pioggia, non importa.

Ecco, fuggiamo, ci siamo trasformati e siamo già nell'aria a battere le ali. Siamo noi sette ma c'è anche la farfalla Jiri, resuscitato dal fango, che vola via con noi. Sulle ali abbiamo le parole di *Vedem*, e la voglia di tenerci per mano. Ci sarebbe anche la farfalla Vera, la terrei sotto il braccio e lei mi guarderebbe con un occhio lucido e uno chiuso. Voleremmo così, solo la luna e il sole illuminerebbero i nostri colori.

«Altro?»

«Per "Uno di noi" chi abbiamo?»

«Egon che lavora al magazzino viveri. Ci ha parlato di cosa succede là.»

La rubrica "Uno di noi" è un'intervista. Racconta ogni volta la vita e i pensieri di un uomo, una donna, qualcuno che a Terezín fa qualcosa di particolare. Oppure qualcosa di normale in un modo che a noi piace.

Egon ci è piaciuto perché aiuta le donne in cucina ed è gentilissimo.

«Recensioni di libri?»

«*Dalla Terra alla Luna* di Jules Verne, molto bello.»

«Altro?»

«È stato avvistato un baule misterioso con sopra la scritta "Aktualita". Non sappiamo da dove venga. Era appoggiato tra l'edificio delle donne e il muro di legno che circonda la piazza. Qualcuno ne sa niente?»

«Niente, era un baule grosso, nero con la scritta bianca. Dopo un po' è sparito.»

«Chi lo ha visto?» chiede Embryo.

«Io» rispondo.

«Indagheremo. Altro?» chiede di nuovo Peter.

«Qualcuno sa se Eisinger ha uno zio nella Gestapo?» sussurro.

Silenzio.

«Non scrivete nulla su sua altezza reale?»

Dal bordo del tavolo spuntano gli occhi e l'acconciatura di Maria Teresa d'Austria, la statua di gesso sporco, come se si fosse nascosta sotto il tavolo e sbirciasse i lavori della redazione. La sua vocina stridula mi buca l'orecchio.

«Eh, sudditi! Non c'è più rispetto nemmeno per sua maestà. Inchinatevi al mio cospetto.»

Zdenek se la ride, si alza e fa un inchino profondo, come se fosse stato allenato per anni a fare il cameriere di corte.

Poi dice a voce bassa, mettendo le maiuscole su tutte le parole, per non essere offensivo: «Sua Maestà Ha Ragione, Le Porgo Le Scuse Di Tutta La Redazione, Anche A Nome Di Quel Maleducato Del Nostro Editore Il Signor Peter» e così facendo si avvicina alla regina e le tocca l'acconciatura. La regina si spazientisce.

«Non toccarmi, non lo sai che le regine non si toccano?» La sua voce è sempre più stridula.

Dalla camerata qualcuno urla di finirla, di fare silenzio. Ridiamo sottovoce. Edison, che reggeva il busto della regina tra le mani, lo solleva e lo piazza sul tavolo.

«Secondo me se ti scoprono non perdi il lavoro ma ti mandano direttamente in guerra» dice Josif.

«Ti fanno cambiare le lampadine ai carri armati.»

«Sì, ma a quelli dei tedeschi, così vedi come ti illuminano le chiappe.» Diventiamo seri, non riusciamo ancora a scherzare sulle lampadine.

Edison però sogghigna e guarda la scultura di gesso: «Dove la mettiamo?»

«Scherzi? Dove la mettiamo? Questa roba va nascosta e basta. Sei pazzo?»

Peter sussurra di abbassare ancora la voce. Poi

aggiunge: «Non abbiamo tutta la notte. La regina la teniamo sotto il letto di Edison, punto.»

Ci mettiamo a ricopiare il giornale. Le parole volano via dalla carta e passano attraverso i nostri occhi fino a raggiungere i nostri pensieri, da lì si infilano nelle nostre mani e dalle mani alle penne e alle matite per trasformarsi ancora in parole sopra altre carte, le pagine di *Vedem*. Il giornale si crea un poco per volta, cresce per merito di ciascuno e di tutte le persone che scrivono, a scuola o per conto proprio: è la Repubblica di Shkid. La pioggia aumenta e cresce anche il rumore che invade il tetto e la stanza della redazione. Peter guarda il soffitto, socchiude gli occhi ed estrae dalla scatola di cartone la macchina per scrivere. La appoggia sul tavolo. La pioggia coprirà il rumore della macchina.

«Chi la usa?» chiede.

Ci penserà Zappner. In un giornale di adulti sarebbe un caporedattore.

«Novità per il film?» chiede Peter incuriosito.

Ora tocca a me: «Ho parlato con l'agente segreto Mosè.»

«Quello è davvero strano» interviene Embryo.

«E avete visto come si veste?» aggiunge Zappner.

«Ma la cosa più strana è la voce, mi mette i brividi» dice Josif.

«A parte questo, l'agente segreto Mosè è uno che ha notizie fresche», li interrompo.

Poi proseguo: «Dice che le cineprese arriveranno da Berlino. Il film lo gireranno dei professionisti tedeschi, nessun cecoslovacco, e fanno arrivare un regista dalla Germania. Portano fin qui le cineprese e i fondali.»

«Anche i fondali?»

«Mosè dice così. Per mettere ordine nel caos bastano due fondali. Con un po' di ordine e un bravo scenografo puoi anche vincere la guerra.»

«Fanno le cose sul serio, sono nazisti. Ma per quale motivo poi?» domanda Zdenek.

«Lo sai, vogliono far credere che qui non va poi male.»

«Oppure hanno pensato che il posto è bello e ci vogliono fare un film.»

«Io non credo molto all'idea del film. Secondo me è una storiella messa in giro, una frottola.»

«Ripeto: guardatevi intorno, i nazisti vogliono far credere che qua non va poi male.»

«Anch'io penso che sia una frottola, non ha senso.»

«Metteranno a posto la piazza, ci si potrà passeggiare.»

Tutti smettono di discutere e litigare e guardano me senza parole.

«Ripeti, per favore» chiede Zappner.

«Metteranno a posto la piazza. Ci si potrà passeggiare.»

«Passeggiare sulla piazza è proibitissimo, possono solo i gerarchi.»

«Scusa ma smonteranno anche le barriere di legno?»

«Smonteranno ogni cosa, barriere, sbarre, recinti, tutto. Diventerà una piazza normale.»

«Passeggiare sulla piazza, questa è bella. Non stai scherzando?»

A quel punto imito la voce grattugiata dell'agente segreto Mosè: «Ho l'aria di uno che scherza?»

Ho sempre sognato di dirlo.

Finiamo di battere i testi a macchina, di riscriverli, di incollare i disegni più dritti che possiamo. Ecco il disegno della testata, con il libro e il missile spaziale e la stellina e la parola *Vedem*, e anche stavolta è fatta. Recitiamo la filastrocca della redazione e andiamo a dormire. Le copie del giornale restano al sicuro e noi siamo troppo stanchi per metterci a rileggere e correggere errori. Appoggio la testa sul cuscino e sono già sui bastioni, da solo. È buio, è notte e c'è una nebbia densa che arriva dal fiume. Sento il fresco e il suono delle acque non troppo distante. Cammino.

Cammino e cammino verso il fabbricato L417, la casa dei ragazzi, dove c'è il mio materasso e ci sono gli altri. Tengo la direzione ma non è quella giusta: fa lo stesso, nella nebbia ci vedo poco, girerò largo, vedrò dove andare. L'erba è alta. Stranamente ci vedo abbastanza bene. Il chiarore della luna si riflette sulla foschia rendendo il mondo bianco. È in mezzo al bianco che sento l'urlo.

Forse non è un urlo, sarà un uccello, mi volto verso il fiume per cercare con gli occhi quello che le orecchie hanno già trovato. Ecco di nuovo l'urlo. Non si può negare, è un grido angoscioso, quasi un lamento, ma più breve e cupo. Viene da sotto il bastione, in quella zona verso il fiume oltre il fossato. Mi avvicino, un passo per ogni pensiero, mi faccio largo tra gli sterpi, non vedo quasi più niente, la nebbia diventa fitta, gli sterpi e le erbacce anche di più.

Avanzo non so come, scendo, sono in fondo, solo odore d'umido, sono nel fossato, non c'è acqua ma una spianata, un prato pieno di rami secchi, pruni, piantine basse dalle grandi foglie e piccole bacche scure. In fondo e di lato c'è il muro alto del bastione. Ma come sono riuscito ad arrivare quaggiù?

Ci sono riuscito e basta, ed ecco di nuovo il grido, stavolta è più lungo, è un ululato nel buio, mi volto di colpo e cado, c'è una donna là in fondo, vestita di bianco, ha i capelli pieni di sterpi, cammina nella nebbia tra le erbacce con le mani in aria e urla, mi vede e urla, spalanca gli occhi e viene verso di me e urla. Non riesco ad alzarmi e sono incastrato tra gli sterpi, la donna si avvicina, protende le braccia.

Ora c'è Peter seduto sul mio letto.

«Urlavi» mi dice.

Sussurro, stordito: «Scusate.»

Peter si rialza, la luce della luna lo aiuta a ritornare sotto le sue coperte. Appoggio la testa sul cuscino, mi giro dall'altra parte e allungo e stiracchio le gambe finché non le sento morbide e rilassate. Mi schiaccio la coperta intorno al collo. Ritorna la notte nel ghetto e dentro di me, ma quella donna mi ha fatto pensare. Chi era, l'ho già vista? O forse la vedrò? Non riesco a spiegarmi la sua presenza in un sogno così, di sfuggita. Forse avrei voluto che Peter non mi fermasse, non mi svegliasse e mi lasciasse libero di andare nell'incubo. Tanto degli incubi possiamo anche non avere paura: il guaio, a Terezín, comincia solo quando apri gli occhi.

Capitolo sette

Pallone

Oggi pomeriggio sono venuti a chiamarci. I ragazzi che si trovavano nelle camerate sono scesi di corsa mentre la via si riempiva di gente. Alcuni erano nelle stanze che usiamo per la scuola, a leggere o a studiare qualcosa. Sono usciti pieni di curiosità. La voce stava passando in fretta e i nazisti ai bordi della strada erano piuttosto sereni. Un fiume di persone esce dalle porte e va verso un'unica direzione, dove i nazisti fanno segno di andare. Qualcuno comincia anche a sapere cosa accadrà. Chiedo anch'io a un signore con una barba lunga macchiata di grigio.

«Lei sa cosa succede?»

Mi guarda: «C'è una partita di pallone.» Sembra perfino allegro nel rispondermi.

Noi ragazzi camminiamo sparpagliandoci nel gruppo: questa storia della partita di pallone è una novità e siamo un po' eccitati e soprattutto incuriositi. Seguiamo gli adulti che avanzano svelti e decisi. La folla si unisce a un secondo torrente di persone che arrivano da un'altra via, ai ragazzi tedeschi e alle loro ragazze che abitano nell'edificio di fronte al nostro, ingrossandosi sempre di più. Ora si procede lenti, arrivano gli uomini che dormono nella caserma Hannover, la gente è troppa, ce n'è tanta che riusciamo a nasconderci, a non farci più vedere.

Arriviamo in una caserma dove non ero mai entrato: è la caserma Dresda, che ospita le camerate delle donne e dei bambini piccoli. Intorno all'edificio si accalcano molti ebrei, che le guardie naziste spingono perché si muovano più in fretta. Entro anche io. Ho accanto Embryo perché gli altri della redazione si sono persi nel mucchio di grigi davanti a noi. Intravvedo solo Zappner, che rimane schiacciato più in fondo. Il gruppo di persone che ci contiene viene premuto contro un muro da un altro gruppo e siamo costretti a salire sui primi gradini di una scala, poi più su.

La scala è larga e ha due rampe. Sul pianerottolo tra una rampa e l'altra si apre una finestra stretta e alta, più che una finestra è un taglio regolare nella parete, mi affaccio per respirare e vedo di sfuggita mio padre. Mi sembra lui, è lui! Si trova in un assembramento di uomini dai vestiti scuri, poco più sotto, va dall'altra parte. Non lo vedo da settimane, non faccio in tempo a chiamarlo, lo chiamo sapendo già che non mi sentirà, una schiena di lana bigia mi si para davanti nell'attimo in cui apro bocca e la finestrella è troppo stretta per far passare quel che gli direi, quel che lo abbraccerei e stringerei, quel che gli appoggerei la testa sulla spalla. Scendo di poco e provo a scostare un signore troppo alto, poi un altro, ci riesco ma è tardi, ho il fiatone e mio padre e gli altri si sono spostati, scendendo attraverso un varco; li perdo di vista, chissà se era lui ma ne sono quasi certo, anzi, sicuro, sono costretto a salire e il gruppo insiste: sento un mancamento nello stomaco, è come un pugno tra le costole che non mi fa respirare ma devo badare a come mi muovo per non rimanere intrappolato e schiacciato.

Mi raggiunge Embryo, sfociamo in un corridoio zeppo di gente. Sul corridoio si aprono numerose finestre larghe e arrotondate in alto, aperte. Le persone si affacciano, alcuni salutano.

Mi affaccio anche io mentre Embryo perlustra un altro piano e finalmente sento silenzio dentro di me, passa un minuto di respiri e lascio gocciolare due lacrime sul davanzale, le striscio via col palmo della mano costringendole a lasciare righe e segni curvi sulla pietra, come passaggi disordinati di lumaca. S'asciugano in fretta anche intorno ai miei occhi, la sabbia sulla superficie mi s'appiccica alle dita: le guardo, le mie lacrime sono tutte bianche e pizzicano la pelle. M'appoggio sui gomiti e s'asciuga d'un colpo anche la vista di mio padre. Non è solo dolore, è sapere che quel che c'era prima non tornerà più. Non torneranno quegli anni a Praga, dove scendevo in strada a giocare, non torneranno abbracci e carezze e saluti con la mano, non torneranno compleanni e ricordi felici. Non ci sarà più quel chiodo dove appendere le scarpe buone, il viale sull'angolo dove correre e far passare il tempo senza fretta.

Lo spettacolo travolge i pensieri aspri; mi distoglie dalla malinconia, ed è solo un bene. La caserma circonda una grande corte interna, sui fianchi gli edifici hanno decine di finestre arrotondate sul lato superiore, larghe. Sembrano tanti occhi, e sì, ci sono centinaia di occhi che guardano in basso, braccia e spalle che si protendono, facce, infinite facce. Da ogni finestra spunta qualcuno che spingendo e premendo cerca di vedere giù. La gente si accalca: una partita di pallone a Terezín non è normale, non accade ogni giorno. L'intera corte è stata trasformata in un campo da calcio; ora sono schiacciato tra due gruppi, mi allontano.

«Sono stati i nazisti?» chiedo a un signore che è riuscito a sedersi sul davanzale.

«E chi altro?» risponde. È molto attento e dietro i baffoni si sta appassionando alla faccenda. Anche Embryo arriva al piano di sopra con me.

«Qui non riusciamo ad affacciarci» dice. «Proviamo a salire ancora.»

Riprendiamo le scale e ci arrampichiamo per altre due rampe: ecco un nuovo corridoio e gente diversa, ma tanta. Forse un po' meno, però, attorno alle finestre c'è ancora posto. Riusciamo a intrufolarci.

«Avevi ragione» dico a Embryo. Ci affacciamo.

Sul fondo della corte, che si apre come una voragine o come un vulcano spento, vista da quassù, ci sono le righe del campo da calcio. È un po' più piccolo, a dire la verità, ma almeno una dozzina di giocatori tra le due squadre dovrebbero starci.

«Ho visto mio papà» dico a Embryo.

«E cosa ti ha detto?»

«Niente, non sono riuscito a incontrarlo.»

Sentiamo un urlo fortissimo, un fragore, guardiamo verso la corte: stanno uscendo i giocatori. Sono pochi, non undici per squadra, meno. Si mettono a salutare sorridendo. Danno il buongiorno col braccio alzato, alcuni sembrano farlo alla maniera dei nazisti tedeschi. Tutte le persone alle finestre si sono messe ad applaudire, sul bordo del campo la gente è seduta in terra e tante guardie sono in piedi qua e là e più in là ancora. Anche alle finestre ce ne sono molte: quelli ci controllano sempre.

Ora si fa silenzio, l'arbitro dà un'altra occhiata

alla palla. I capitani si stringono la mano e inizia la partita con un fischio che per un attimo si raddoppia nell'eco della corte. Qualche passaggio, un tiro o due, molti cross: giocano bene ma non benissimo. Seguiamo con interesse, all'inizio. Poi accade qualcosa di strano: cominciamo a stufarci. Non avrei mai pensato di vedere Embryo annoiato per una partita di pallone.

«Sono troppo lenti» dice.

«E poi guarda (ovazione e rumore di applausi) piano» aggiungo.

«Ripeti. Scusa, c'è troppo rumore» mi chiede Embryo.

«E poi guarda come tirano piano» ripeto.

«Per forza, c'è gente anche dietro la porta, c'è gente dappertutto, vicina alle righe, sugli angoli del campo. Come fai a tirare forte? Se lo fai, il pallone porta via i denti a qualcuno.»

Non capiamo. Sembra reale ma qualcosa non torna, la corte è una palla di vetro agitata dalla mano di un gigante e i giocatori e il pallone si muovono senza troppa fantasia, come portati dal vento o dalla gravità. I tifosi applaudono a comando, le persone sedute vicino alle righe del campo sembrano sorridere per cortesia e non per felicità. Prendo una spalla di Embryo, gli indico un punto vicino all'angolo del campo.

«Guarda un po' là» gli dico.

Embryo ha un soprassalto.

«Ora è chiaro» e storce un labbro.

C'è una cinepresa da cinema piazzata sotto un crocchio di tifosi, e un'altra lungo il lato corto. Dietro le cineprese, due operatori del Reich girano manopole e messa a fuoco, ruotano marchingegni e seguono la partita con precisione, filmando le azioni, le facce e gli applausi su grandi rulli di pellicola. Una delle cineprese sembra inquadrare più la gente della palla.

«È tutto (folla che applaude fragorosamente per un gol)» dice Embryo.

«Ripeti.»

«È tutto finto.»

«Sembrerebbe» rispondo. «I giocatori giocano e l'arbitro fischia. Vedi però che tirano piano? Perché lo fanno?»

«Sono tedeschi, comunque. Ma le cineprese sono nostre.» Embryo mi fa notare la scritta "Aktualita" su alcune casse di legno, dietro un personaggio che potrebbe essere un regista. È vestito di nero, ha la camicia stirata. Stirata! Nazisti a parte, qui a Terezín di liscio non ci sono nemmeno i muri. Non può essere uno di noi, viene da fuori, lo si riconosce subito. La casa di produzione Aktualita Film è cecoslovacca, il regista e i cineoperatori potrebbero essere tedeschi.

«Ecco cos'era quella cassa che avevo visto.»

«Secondo me vengono da Berlino» dice Embryo.

«L'agente (folla che esulta e che grida) aveva ragione» lo interrompo.

«Che dici?»

«Non importa.» Rincasiamo.

«Tu che ne pensi della partita?» chiedo a Peter mentre ci passiamo a pedate una palla di stracci nel corridoio della casa.

«Penso che sia solo l'inizio. Se riescono a fare una partita di pallone per finta, con l'arbitro e il pubblico, allora possono fare quello che vogliono, sempre. Sai che qualcuno ci ha creduto?»

«Qualche adulto?»

«Qualche adulto. Ho sentito due uomini dire che era stata una gran bella partita. Che non andava male, se c'erano le partite, che era sicuro che non ci avrebbero uccisi.»

«Davvero?»

«Davvero. Ci hanno creduto. Anzi, peggio: gli è piaciuto. Credono che arrendendosi avranno la vita salva.»

«Questo l'ho sentito anch'io, altre volte.»

«Uno dei due ha detto qualcosa come *se non li offendiamo, se obbediamo, vedrai che ci saranno grati e non useranno le armi. Basta arrendersi. Capito?* Ha detto *grati*. *Grati* i nazisti?»

«Non credo che siano pochi quelli che la pensano così. Nel ghetto si sentono parole di quel genere ogni giorno.» Rilancio la palla.

«Sono stufo. In redazione racconteremo la partita, sul *Vedem* prossimo.» Peter tira più forte, la palla colpisce il muro.

«Buonanotte» annuncia Manuel stando attento a non farsi centrare dalla palla. Va sempre a letto presto, ma così esagera.

«Non ceni?» gli chiede Peter.

«Devo andare» e se ne va sorridendo.

«Ieri Josif ha mangiato.» Peter mi guarda felice.

Guardiamo Manuel mentre si fa largo goffo tra i ragazzi in corridoio, laggiù in fondo qualcuno lo imita, Manuel attraversa la porta della sua camerata e scompare.

Seduto nella penombra del letto, vedo Embryo che si sporge dal suo materasso. Mi guarda dall'alto prima di parlare.

«Mi dispiace per tuo padre.»

«Grazie. Chissà se era lui.»

«Non dobbiamo arrenderci. Sai che stasera Josif ha mangiato un pezzo di pane intero?»

«Sei soddisfatto?» gli chiedo.

«Molto. Io e Peter ci abbiamo messo un po', ma lo abbiamo convinto.»

«Buon segno.»

«'Notte» mi augura. Ricambio alzando quattro

dita. La testa di Embryo scompare nel buio e mi appoggio al cuscino con un respiro.

«In fondo alla via c'è un nazista.» È Zdenek ad avvisarci. Ci sporgiamo insieme dall'angolo, con lentezza, e le nostre teste spuntano appena appena, velocissimamente, per scomparire subito dopo. Il buio è fitto ma la strada in quel punto è illuminata, c'è una grande macchia di luce sull'incrocio tra le vie, e non c'è possibilità di passare inosservati.

«Si volta di là» dice Edison. Ed ecco che lo vediamo schizzare come un gatto a cui hanno pestato la coda, corre e corre e saltella fin sull'altro angolo di strada, oltre la vista dei nazi, oltre la luce, si rifugia in un buio ospitale. Lo guardiamo stupefatti e invidiosi di tanta velocità. Embryo ci avvisa che la guardia non si sposta ma continua a guardare di là. La osserviamo, da lontano; come se i nostri occhi potessero ipnotizzarle la schiena e bloccarla, trasformarla in statua di gesso per cinque secondi soltanto, conta fino a cinque e vòltati, dài, ma fino al cinque rimani ferma, ti prego, ferma dove sei, guarda di là, fatti meravigliare da una stella cadente, esprimi il tuo desiderio ma non guardare verso di noi, non girare la testa, non sorprenderci mentre sfuggiamo alla tua vista.

Zdenek mi afferra per un gomito, si va, si corre insieme. Abbiamo gambe diverse e il ritmo è sconclusionato, senza tempo, galoppiamo da ubriachi, ognuno per sé pur tenendoci le braccia vicine. Siamo di là.

Ho il respiro asmatico mentre Zdenek è in ottima forma: prima di essere trascinato a Terezín, non era come noi che al massimo correvamo nei giardini o nelle piazze. Zdenek si allenava su una pista da atletica vera, con gli spalti di legno e cemento e a volte con un pubblico in carne e ossa e cappelli sulla fronte contro il sole. La gente applaudiva, sorrideva sul serio. Oggi ha ancora fiato da regalare. Ci sistemiamo calzoni e camicie in disordine dopo la volata.

Si va, si cammina lentamente per paura che qualcuno ci sorprenda nel buio a passeggiare per le strade vuote di Terezín. Vuote perché? Le ricordavo piene. Di giorno sì, ma anche di notte, di gente che dorme sulla via, per terra, di ubriachi e derelitti, di senza speranza. Qui invece è pulito e buio: non so come faccio a rendermi conto della pulizia nel buio, ma tant'è, c'è da fidarsi di quel che sento e vedo. È mondo. La strada è in ordine, i muri non sono troppo sgretolati.

«Andiamo verso la stazione» propone Zdenek.

«Non siamo troppo lontani.» L'idea sembra piacere a Embryo.

«Non è una vera stazione» dice Edison mentre cambia direzione, spostando l'intero quartetto contro un muro. A seguire un passaggio radente contro una fila di pianticelle verdognole con striature gialle.

«È solo una fermata» incalza.

«D'accordo, aggiudicato, quello che è. Andiamo là, siete d'accordo?» Zdenek è convinto. Annuisco e anche gli altri sono persuasi. Si cammina di nuovo lungo i bastioni. Ci teniamo schiacciati contro le mura del ghetto, tocchiamo i mattoni con le mani per non andare a sbatterci contro. Tra noi e le prime case ora c'è una via larga e buia, piuttosto sicura. Finché non incappiamo in due guardie, anzi, tre, ce n'è un'altra oltre l'angolo. E un'altra ancora. Sono quattro. Ci blocchiamo.

«Nessuno si muova» sussurra Edison.

Passiamo oltre, piano. Il buio ci avvolge, è dalla nostra parte. I nazisti fumano, parlottano, uno si sbraccia e racconta agli altri la storia di un ebreo inginocchiato, o così ci sembra di capire dai suoi gesti, finché non allunga un braccio verso l'ebreo del racconto e fa il gesto del fucile che spara, o forse è una pistola. Adagio, cautamente, come ladri nella notte, spostiamo il peso un po' più avanti, poi ancora di più, a passi morbidi e muti, ora sono cinque, ora dieci, ora trenta, siamo quasi fuori dalla vista dei nazisti, eccoci lontani. Riprendiamo a galoppare.

Ci avviciniamo alla stazione, che non è una vera

stazione, è solo un binario in mezzo alla strada che a un certo punto si interrompe, rimane tronco.

«Binario morto, si dice tra ferrovieri.» Edison deve essere appassionato anche di binari e pensiline.

Un quarto di luce di un quarto di luna illumina un quarto di binario, rendendolo bianco. Saltelliamo tra due strisce di metallo luccicante, i nostri piedi rumoreggiano tra i sassi della massicciata bassa e regolare. Forse ridiamo, ma se lo facciamo è solo con gli occhi e con gli angoli della bocca, così, per non generare chiasso e poter far credere che siamo tristi anche quando giochiamo. Facciamo una capriola sulla terra e ci avviciniamo per vedere meglio.

Guardiamo i bulloni delle traversine, tocchiamo i binari freddi e sporchi. Sotto un binario c'è una fotografia. Zappner la sfila. La guarda con scarso interesse, poi qualcosa lo colpisce, si ferma. Edison vuole vedere ma Zappner glielo nega, Edison insiste, si allunga e guarda, vede e scoppia, crolla, geme. Mi avvicino, prendo la fotografia dalle mani di Edison piene di gocce. È una foto della sua famiglia.

Capitolo otto

Fuoco e neve

Sono a casa, finalmente. A casa mia, a Praga. È tutta bianca come se fosse fatta di carta. È fatta di carta, forse l'intera città è di fogli e fogli e se mi avvicino a un davanzale posso sentirlo frusciare come fanno certi aquiloni se tiri troppo la corda e poi li precipiti di scatto verso il terreno. È un fruscio nervoso che si calma appena mi avvicino. Sulla parete di carta c'è un unico puntino rosso, è così piccolo che devo avvicinarmi col naso per vederlo. Lo tocco con la punta di un dito, il puntino si appoggia al mio indice sporcandone la punta, sembra colare lungo la falange, tocca l'articolazione e scende ancora. Era solo una goccia ma ho il dito sporco, il muro è ancora bianco. Lo tocco di nuovo e lascio una macchia rossa. Il segno si allarga, diventa purpureo e sfrangiato come un disegno di bambino, il disegno di un bambino che disegna uno a cui hanno sparato in testa solo perché vendeva sigarette, cinquecentocinquanta sigarette al giorno, pensa che luce ad accenderle tutte insieme, il disegno di un bambino che disegna il povero abbandonato Jan quando ormai è troppo tardi. Al posto della macchia c'è un buco. Guardo dentro con un occhio solo e vedo i violini. I violini a terra, rotti e sparpagliati. Suonano, però: ce n'è almeno uno che suona perché sento le sue note così distintamente da riconoscere la melodia. Così come sento distintamente la mano di Josif sulla mia spalla. Mi sveglia, è l'ora della neve. Gli dico di non aspettarmi. Dice che m'aspetta giù mentre appoggio di nuovo la testa al cuscino.

Sto passeggiando da solo. Il ghetto è grande e ha strade regolari e lunghe. Cent'anni fa era una cittadella da guerra e ogni cosa, anche la più insignificante, doveva essere precisa e in ordine: le vie somigliano le une alle altre, le case sono alte, solo in una zona sono vere casette, a un piano, come quelle a cui siamo abituati, come quelle che dipingiamo. Se fino a due anni fa qualcuno ci avesse chiesto di disegnare una casa, il risultato sarebbe stato una casa piccola, col tetto spiovente e qualche finestra allegra, oppure una casa più grande, deliziosa e ospitale. Qui la maggior parte dei palazzi non sono case ma vecchie caserme dell'esercito prussiano, c'è ancora qualche stemma qua e là, coperto dalle svastiche e dalle insegne del Reich. Così ogni strada ha grandi costruzioni a destra e a sinistra, da tre o quattro piani, tutte simili e squadrate: sulle facciate mille finestre chiuse o aperte ma tristi. Sappiamo chi c'è dentro, qui le donne, là gli uomini, li conosciamo, qui noi ragazzi, là gli olandesi, più in là i danesi, e poi tanti tedeschi, tedeschi ebrei, che hanno portato nel ghetto con l'inganno. A molti hanno fatto credere che fosse una località di villeggiatura, una specie di vacanza. Le terme di Terezín.

Questo luogo era nato per essere fortezza militare, ecco il motivo delle tante caserme e delle poche case: in più, la fortezza aveva anche una prigione dove ora tengono i delinquenti e i politici. È appena fuori dal ghetto, al di là del fiume.

Terezín in onore di Maria Teresa d'Austria: un secolo e passa addietro doveva essere organizzato e preciso. Le strade vanno tutte in una sola direzione oppure incrociano a perpendicolo, non ci sono alternative, dagli incroci riesci a vedere su ogni lato fin dove arriva la vista, laggiù, dove il ghetto finisce e cominciano i bastioni. Ogni cosa doveva essere controllabile e perfetta. I bastioni servivano per la difesa, prima, e oltre i bastioni ci sono larghi fossati senz'acqua ma abbastanza profondi: oggi, i bastioni e i fossati sono utilissimi per chiudere noi ebrei qui dentro, una galera a forma di paese già pronta, ai nazisti è bastato risistemarla per l'occasione.

I nemici col disordine non li batterai mai, lo avevano capito bene quando hanno fondato la cittadella: li annienti solo se ogni cosa entra nel congegno giusto, se ogni rotella del meccanismo gira anche senza sapere il perché, e fa girare le altre. Solo così puoi vincere, e non è un concetto tanto difficile da capire: lo hanno compreso perfino i nazisti.

Nei momenti di libertà, nel ghetto si può quasi girare l'angolo e passare accanto alla palizzata che chiude la piazza grande. Noi ebrei non possiamo attraversarla: ci sono piante e panchine, ma sono riservate ai gerarchi. Dicono che per il film la apriranno: vai a vedere se gli alberi sono veri o finti.

Passeggio da solo e penso a tutte queste facce che incontro, che incrocio per strada. La via è larga ma è sempre piena di gente: molte persone guardano a terra perché sanno che almeno i sassi non le insulteranno. Altre guardano dritto all'orizzonte, vedono oltre le teste nella speranza di scorgere qualcosa di umano, forse. La maggior parte ha occhi lucidi o spenti, occhi stanchi di chi è arrivato da una settimana e non ce la fa già più, occhi miracolati di chi ha visto passare accanto a sé la fine e occhi disperati di chi deve perdere solo il maglione rotto che ha indosso, perché il resto è già andato perduto. Formichine. Gli abiti sono ingrigiti dal tempo e dalla polvere, sembra siano invecchiati anche più delle persone. La folla fa come un'onda quando un nazista urla o attraversa la strada. Molti non sembrano più esseri umani ma mi appaiono come scatole vuote senza più vita o utilità. Formichine senza niente da fare. Se disegnassi con un pastello ognuno di quegli sguardi non basterebbero i fogli che abbiamo in redazione. Bisognerebbe farlo. Ecco, dovremo scrivere qualcosa sulle formichine di Terezín. Stasera ne parlerò a Peter.

Sto ritornando all'edificio della scuola quando lo vedo. È il morto. È quello a cui avevano sparato per le sigarette: appoggiato al muro, nella stessa posizione strana che aveva assunto una volta ucciso, sembra ancora vivo, da lontano. La gente gli passa accanto zitta e non lo guarda, come se dormisse. Avvicinandomi noto che non è esattamente nella medesima posa, si è spostato, si è abbassato, ha reclinato un poco il capo e i polsi stanno toccando terra. Anche il sedere è a terra e le gambe sono due strade che si dividono oltre la macchia di sangue scuro e duro. Gli arrivo vicino e comincio a guardarlo meglio.

I nazisti non lo hanno spostato e non hanno ordinato a nessuno di buttarlo nella fossa comune, vicino alle voliere dei colombi, dove portano i morti. Uno di loro ha preso un pennello e col nero ha scritto sul petto dell'uomo "Vietato fumare". Umorismo nazista. Il colore è colato sulla pancia e qualche goccia è arrivata fin sulle gambe.

«Il mio nome è Jan, ma grazie per avermi chiamato almeno "l'uomo". I tedeschi non hanno mai usato il mio nome, nemmeno lo sapevano.»

Il morto ha aperto gli occhi. Mi siedo accanto a lui, appoggiandomi con la schiena al muro.

«Ti hanno sparato in testa, sei morto» gli ricordo.

«E bravo, hai spirito di osservazione» sorride Jan. «Vuoi una sigaretta?» chiede.

«Sei matto?» e sto per aggiungere che se ci beccano ci ammazzano, ma mi accorgo d'essere il solo dei due a rischiare ancora qualcosa. La folla intorno a noi si è diradata, dispersa, non c'è più nessuno. E c'è silenzio. Jan si accende la sigaretta: non ha bisogno di buttar fuori il fumo perché gli esce per intero dal buco nella fronte. Lo osservo con curiosità.

«Il fumo non fa bene. Fa tossire. Ma quando tutto è soltanto triste e doloroso, anche una cosa che fa male può risollevarti la giornata, non pensi?» dice.

Non penso, non so, ci avevo pensato per la scuola ma per le sigarette mai, non me l'ero mai domandato.

«Sai ogni giorno quante ne porto dentro a Terezín di queste?» e indica la mezza sigaretta che tiene tra le dita. «Cinquecento. A volte cinquecentocinquanta. Le recupero da un contadino che porta attrezzi per gli orti, che se le fa consegnare da uno del mercato nero di Litomerice. Le nasconde nella carriola e le scarica insieme a certe vanghe vecchie e stivali. Di più non posso, più di cinquecentocinquanta lo noterebbero. Mi scoprirebbero e mi ucciderebbero, ma pensa che luce ad accenderle tutte insieme. Visto dall'alto, il ghetto sarebbe pieno di lucine: sarebbe un cielo notturno girato all'incontrario.»

Penso, ma penso anche che i verbi che usa Jan sono perlomeno sbagliati. "Mi scoprirebbero", "mi ucciderebbero". L'hanno già scoperto, l'hanno già ucciso. Esce un'altra esalazione grigia dal buco nella testa di Jan, la sua fronte sembra la bocca di un camino, la sua bocca sembra un forno: prende un'altra boccata di fumo, i denti brillano per un attimo illuminati dal mozzicone come se Jan avesse il fuoco al posto della lingua. Per la prima volta ho paura. Non avevo paura a guardare il morto, non avevo paura nemmeno quando il morto ha aperto un occhio, quando il morto ha avuto un nome e nemmeno quando ha parlato diretto a me. Ho paura adesso, a fissare quella testa diventata camino, a guardare quei denti di fuoco che si cacciano in gola il mozzicone bianco. Il mozzicone sembra un sudario e nel sudario sembra che ci sia un uomo morto e secco, fasciato stretto, e il morto va e viene dalla bocca del forno, lo cacciano dentro per cremarlo, l'hanno ucciso, ed esce il fumo dal buco sulla fronte.

«Ho nostalgia di casa mia, a Praga» gli dico.

Gli racconto di come un giorno correvo per una delle strade del ghetto, scendendo verso il fiume attraversavo la piazzetta della sinagoga e ritornavo verso casa, poi allargavo il giro, me la prendevo comoda e correvo correvo finché anche il più crudele cartello contro gli ebrei era lontano, fino a che i comignoli non sapevano più di cibo ebraico, mi rifugiavo su un ponte sopra la Moldava e da lì guardavo gli altri ponti, guardavo l'acqua che passava sotto di me indifferente e guardavo il cielo che mi sembrava indolente allo stesso modo. Perché l'avevo presa larga? Perché mi ero allontanato e nascosto? Perché avevo una mela. Me l'aveva regalata il nostro vicino di casa, un signore buono che non era ebreo ma non ce l'aveva con noi. M'aveva dato una mela: mi sentivo come Biancaneve ma senza il veleno. Jiri diceva che, ecco, una pace così, senza veleno, era quello che desideravamo sopra ogni cosa, una pace così e una mela dolce e rossa erano per noi un paradiso terreno, un ponte da cui sporgerci senza paura. Jiri aveva ragione, lui e il suo spirito ebraico. Una mela senza veleno, una pace così, un ponte, un amico vicino di casa. Cose a cui non sono più abituato: a Praga eravamo tanti, a Praga adesso non c'è più nessuno.

Jan si fa serio. Spegne la sigaretta schiacciando l'ultimo centimetro in terra. Lo guardo perché mi accorgo che sta per dire di nuovo qualcosa ma vedo che con occhi bagnati guarda il cielo dove il fumo passato per la sua testa si è addensato e annebbia le stelle. È scesa la notte e nemmeno me ne sono accorto; il lumino della sigaretta brilla a terra ancora un poco e illumina due gocce di lacrima sulle guance di Jan.

«Avevo una moglie. E due bambine: le hanno tirate giù dal letto, prese e caricate sul treno. Dovevo esserci anche io su quel treno, nell'elenco era previsto, saremmo partiti insieme. Ma all'ultimo i nazisti hanno cambiato le cose, hanno caricato un vagone in più di anziani e lasciato noi uomini nel ghetto. Il treno è partito con anticipo, ero a lavorare fuori, ero uscito prima dell'alba con la squadra del mio blocco, avevo anche l'appuntamento con la carriola del contadino per le sigarette del mercato nero, sono arrivato sui binari quando il treno era già andato, via, ho gridato e dato pugni alle rotaie, ho chiesto ma nessuno sapeva, ho cercato il capo della comunità per buttargli in faccia la mia rabbia ma l'ho trovato in ginocchio, a terra, in un angolo del campo. Non ho potuto salutarle, non ho stretto le loro mani, non ho carezzato le loro teste. Mi dicono che si salveranno ma lo sanno tutti dove vanno i treni.» Jan piange con delicatezza, quasi non volesse fare troppo rumore e svegliare qualcuno. Si prende il capo tra le mani. Poi riporta le braccia nella posizione di prima, abbandonate lungo i fianchi, con i polsi che toccano terra; il busto prende a storcersi e scattare, ma è sempre più allentato, finché resta immobile, slogato. Jan chiude gli occhi e ritorna a stare morto.

Mi sveglio. E così è scesa anche la prima nevicata dell'anno, voglio uscire per camminare e vedere cosa succede. Ho dormito più degli altri, ieri sera la redazione è finita più tardi del solito. Alcuni ragazzi arrivati da poco giocano a carte sul letto, sul lato opposto della camerata, un paio di loro sono già malati: capita ai nuovi che arrivano, passano la prima settimana con la febbre. A parte i giocatori di carte, la camerata è vuota e si sentono le voci dei miei amici fuori. Qualche urlo nazista attutito dal candore. Mi avvicino scalzo alla finestra: nella via, Peter sta leggendo a dodici ragazzi una copia di *Vedem*.

Lo facciamo spesso: riuniamo un gruppetto di persone e leggiamo gli articoli, così come li abbiamo scritti, mostriamo le figure. Succede con chi non sa leggere o con chi legge abbastanza male da non essere interessato a sfogliare il giornale da solo, ma anche con gli altri. Nei primi tempi avevamo appeso le pagine di *Vedem* alla bacheca della stanza numero Uno, ma era troppo pericoloso. Poi vendiamo le copie. Si fa per dire, vendiamo. Costano 60 centesimi. A volte 70. Ma potrebbero costare anche mille corone, tanto qui i soldi veri non esistono. Lo sento da lontano: Peter legge un racconto su una barca, legge un pezzo sulla caserma Hannover e sulle ricette meravigliose che si cucinano laggiù, e dà qualche indicazione utile, qualche informazione. Niente marciapiedi anche questa settimana, anche se la neve fragile rende la strada una grande pozzanghera dentro cui sprofondare. Due gerarchi stirati camminano come fossero in vacanza. Niente piazza. E mai scrivere a casa, c'è la pena di morte. Non sappiamo quanto sia vero ma rischia tu per primo se vuoi.

Alla finestra della camerata c'è Zappner in piedi.

«Ricordi il morto delle sigarette?» chiedo.

«Lo avevano lasciato lì» dice il bambino con la barba guardando una posizione precisa nel bianco in strada.

Entrambi osserviamo col pensiero il morto a cui avevano sparato per colpa del contrabbando.

«Sono passati mesi. Ma le portava dentro davvero?» chiede Zdenek, appena arrivato da fuori. Ha i capelli bagnati e il naso rubino. Le mani sono due tozzi di ghiaccio.

«Qualcuno dura meno di una sigaretta. Chissà qual era il suo nome» aggiungo.

«Si chiamava Jan» dice Peter, rientrato anche lui con una strisciata di fiocchi sulla spalla e una specie di cuffia fatta con uno scarto di maglione.

Il tempo di nascondere tra due coperte le copie del nuovo numero di *Vedem* e aggiunge: «Sua sorella vive nella baracca delle donne. Con la sua famiglia abitava nella mia via, a Praga, vendeva canarini. Lo vedevi passare con le gabbie, allevava tante specie diverse, contrattava mangimi, becchime, ossi di seppia. Anche uccelli tropicali, pappagalli, roba da ricchi. Li vendeva dove capitava, aveva anche i merli parlanti. Quando i tedeschi sono andati a prendere lui e la sua famiglia, dicono che l'ultimo merlo si sia messo a dire "Heil Hitler, heil Hiiiitlerrrrrr" alle guardie.»

«Questa dei nazi e del merlo raccontala a un altro» ride Zdenek.

Poi aggiunge: «La volete una mela?»

Intende una mela in sette, non una mela a testa. Ci basta eccome, nemmeno chiediamo da dove arrivi il frutto, forse rubato. Silenzio, più in là sotto di noi alcuni ragazzi giocano nel cortile della caserma, si lanciano la neve a pallate farinose, si celano dietro gli alberi. Quanta ricchezza in una mela divisa in sette. Siamo davanti alla finestra, spalla a spalla e zitti, resiste solo lo schiocco della mela morsicata, la quiete che è scesa candida dal cielo rende Terezín un luogo quasi sereno, non pacifico ma addormentato: il solito pantano della strada è coperto dalla coltre freschissima, in alcuni punti nessuno l'ha ancora violata e vorrei essere io il primo. Forse dopo. I vetri si appannano e ci annebbiano la vista del ghetto imbiancato: con la dolcezza in bocca, guardiamo senza stupore il respiro della redazione.

Capitolo nove

Trasfusioni

1944, marzo

Ho trovato il sentiero che corre attraverso il campo di grano quasi maturo e ora corro anch'io, anche il sentiero corre e io corro col sentiero nel sentiero del campo di grano quasi maturo, c'è un sole azzurro che illumina tiepido e il grano quasi maturo è meno giallo del sole, i papaveri applaudono al mio passaggio, corro e rincorro. Corro con le libellule ai piedi, con le api sui gomiti. Il sudore si asciuga mentre vado, sono lucido di luce. Mi fermo, riprendo. Ecco laggiù il pittore che cercavo, Vincent. È voltato contro la tela ma so che è lui, lo riconosco dai capelli rossi, dalla fascia sull'orecchio, sta morendo o forse è già morto ma dipinge da vivo. Non lo disturbo, rallento la corsa, cammino, mi siedo nell'erba alle sue spalle. Si accorge di me e si volta come a volermi chiedere se mi piace il suo dipinto, ma non lo fa: lo anticipo, mi alzo e mi metto in piedi accanto a lui, dove arriva la coda del suo occhio triste. Nel suo quadro c'è un ragazzo che ha corso in un campo di grano e si è fermato seduto nell'erba.

Ho sempre pensato che i pittori, anche i pittori che lavorano all'aria aperta, non dipingano mai quel che vedono davanti a sé ma quel che vedono dietro di sé. Lo fanno perché sono artisti e se dipingessero quello che hanno davanti non ci sarebbe alcuna differenza tra loro e gli imbianchini. Vincent sorride da sotto la benda che gli gira intorno al capo; i suoi occhi riflettono i colori del dipinto. È da lì che è uscito il suo giallo a gareggiare col sole: ha ascoltato i miei pensieri?

Come sono magro, sono magro come le libellule che mi attraversavano la strada. Poco fa ero libellula anche io, secco e felice e scoordinato e pieno di colori, a volare correndo nel prato. Anche Vincent è magro ma non è più libellula, vola poco, il colore si stinge dentro di lui. Sfila da una tasca un biscotto, lo tiene tra due dita come fosse una moneta d'oro rubata a un forziere d'altri tempi e me lo offre. Il tempo di sentirne lo scrocchio dolce tra i denti e sono a Terezín.

Il Dipartimento dei Problemi Giudaici ci aveva avvertito: oggi è giorno di trasfusioni. Ci mettiamo in fila lungo una strada non lontana dalla nostra casa, dove si trova una delle infermerie. Non vediamo mai nessuno qui dentro e i pochi nazisti che ci lavorano sembrano manichini di negozi poco alla moda, plumbei nel vestito e sulla pelle, hanno occhi vispi solo quando guardano nei nostri occhi di presunti malati, quando ci schiacciano le costole con mani fredde e secche e hanno anche il coraggio di chiederci se fa male. Ovvio che fa male. Fa male soprattutto perché non mangiamo mai niente e la nostra pancia è vuota. I polmoni, almeno quelli, possiamo riempirli di aria gratuita, finché si potrà respirare aria. Ma prima o poi i nazisti inventeranno qualcosa per porre rimedio anche a quello.

L'intero Dipartimento dei Problemi Giudaici è davanti a me in coda, in questo momento. Si chiama Hanus. Il Dipartimento dei Problemi Giudaici è una persona sola. Se l'è inventata lui, la carica, si vede che ancora non ne aveva. Nel ghetto tutti, in un modo o nell'altro, abbiamo un compito, un dovere, un luogo dove sopravvivere: c'è chi scrive, chi ha notizie, chi fa sport... Hanus no. Ha dovuto inventarsi un proprio spazio per tirare a campare. Hanus non scrive su *Vedem*, non fa lo scrittore o il disegnatore, lui è il Dipartimento dei Problemi Giudaici: di questi tempi il lavoro non gli manca mai.

Ci specchiamo nelle pareti bianche dell'infermeria e diventiamo luccicanti anche noi. Contro quei muri siamo ombre deformate, riflessi, macchie più scure nel chiaro delle piastrelle. Tra una piastrella e l'altra c'è sporco, polvere, insetti microscopici mai visti. Siamo noi quegli insetti, quello sporco da levare.

Poco dietro di me c'è anche Pepek, l'aiutante di Eisinger. Hanus si siede davanti al medico e appoggia il braccio sul lettino vuoto al suo fianco. È più bianco del muro, tra poco sviene, lo sappiamo. Svenire quando ci prelevano il sangue è uno tra i più gravi Problemi Giudaici. Il medico gli infila un ago di ferro freddo nella parte interna del gomito. Speriamo sia un medico autentico, perché dallo stile si direbbe che nemmeno il suo camice ha frequentato le aule dell'università.

Hanus è già a terra, gli tengono le gambe per aria e gli fanno vento con un pacco di vecchie cartelle cliniche impolverate dove sono riportati i dati instabili di pazienti sicuramente schiattati. La prima scheda riguarda un certo Gavrilo Princip che è morto qua trent'anni e passa fa e che deve aver combinato qualche guaio abbastanza grosso, a giudicare da quel che si dice in giro di lui, se chiedi.

Alla domanda «Come ti chiami» dell'infermiera, Hanus risponde «Capo del DPG.»

Gli chiedono di ripetere. Ripete: «Sono il Capo del DPG.»

«E cosa sarebbe questo DPG?» lo interroga pronto a farsi due risate il medico che non si sa se sia un medico – ma a Terezín certe questioni non ce le poniamo più.

«Dipartimento dei Problemi Giudaici.»

Ridono le due infermiere e le tre guardie, ridono i fucili delle guardie e ride il coltello che hanno legato alla gamba, ride il vero finto medico, ride anche qualche ragazzo tra noi della fila, che Embryo pensa bene di squadrare con occhi di assassino. Lo rivedrà prima di sera a cazzotti sulle narici.

È Zdenek a sporgersi dalla fila per tirare Hanus in piedi insieme a me. Lo afferriamo per le spalle e lo rimettiamo seduto. Arriva anche Pepek. Hanus si abbandona nelle nostre braccia e poi si butta contro un'infermiera dell'Est afferrandola per la pancia e per il petto, sta per svenire di nuovo, la polacca lo sorregge, lui la afferra per la camicia, sul davanti, così saldamente e avidamente da farle volare via un bottone. Riprende colore e coraggio.

«Mi chiamo Hanus» dice all'infermiera. Si siede. La ragazza è trafelata ma sta già riprendendo il suo normale respiro. Sospetto qualcosa e guardo dietro di me: Embryo sorride con una maschera da volpe.

Hanus è in piedi, barcolla sul primo passo, ma già dal secondo diventa più sicuro e spavaldo. Esce salutando e ringraziando. Tocca a noi. Tocca a me:

sono impaurito ma Zdenek mi mette una mano sulla spalla.

«Ne abbiamo già soccorso uno...» mi dice.

Lo aspetto medicandomi la goccia di sangue sul braccio. Il buco sotto il cotone non ho l'animo di esaminarlo. Da una finestra guardo una fila di uomini in abiti da lavoro, a cinquanta passi di distanza, camminano spediti in un'aria di primavera e molti tra loro portano una vanga o una zappa sistemate tra la testa e il gomito: tra loro c'è mio padre. Sono sicuro. Mi schiaccio contro il vetro con la guancia come fosse la sua spalla, apro la finestra d'un colpo e urlo: «Papà!»

Alcuni operai del suo gruppo si voltano e mi vedono, lui continua a camminare mentre l'infermiera corre a rimbrottarmi e a chiudere le imposte, seguita da una guardia a cui obbedisco senza perdere di vista gli uomini che riprendono ad avanzare. Sono scortati da due soldati, mio padre non si è ancora voltato.

Zdenek non fa una piega davanti all'ago, si rialza e mi raggiunge. È un uomo, è il più uomo della redazione, perfino di Edison che è pure più vecchio. Attendiamo che arrivi anche Embryo quando l'infermiera toglie una scatola di biscotti da un armadietto, prende un biscotto alla volta tenendolo tra due dita come se fosse una moneta d'oro rubata a un forziere d'altri tempi e ce lo offre, uno a testa. Ho ancora le pupille oltre la finestra.

«Lo do anche a te ma non urlare più» mi intima.

Ringrazio. Il tempo di immaginare la dolcezza del biscotto tra i denti e ci raggiunge Embryo.

Sulla strada del ritorno abbiamo Hanus davanti a noi, nel viavai del ghetto. Ha una scarpa appoggiata a un muro e ci guarda come un divo del teatro in attesa degli applausi.

«Visto che scena?»

«Tu sei un grande attore» finge di applaudirlo Embryo.

«Dipartimento dei Problemi Giudaici: sono il Capo o no?»

Ridiamo.

«E visto come mi sono aggrappato all'infermiera? Non sapete immaginare com'era morbida.»

«Qualche volta ti farai uccidere.»

«Macché, sono solo un ragazzo indifeso impaurito dall'ago della siringa» finge di piagnucolare.

«Mi dovrai spiegare come hai fatto a sbiancare» dice Embryo, sempre più curioso.

«Quella è la parte più difficile. È molto facile diventare rossi, ma sbiancare è un'arte che si apprende solo col duro allenamento.»

Ed eravamo certi che di duro allenamento Hanus ne facesse tanto. La sua passione per il teatro era senza fine, era enorme la sua dedizione per qualsiasi cosa fosse teatro. Partecipava agli spettacoli degli adulti, imbastiva scene di cabaret per conto proprio, che provava e riprovava, dicono, anche di sera. Metteva in piedi piccoli episodi comici con qualche amico ma il più delle volte lavorava da solo, si ergeva come una statua sopra una cassetta di legno e raccontava cose su Praga, sul ghetto, su Terezín, sugli ebrei e qualche volta, senza mai nominarli, sui nazisti. Faceva ridere. Per alcuni era una specie di eroe, per altri un esibizionista svitato. S'era inventato anche la storia del Dipartimento dei Problemi Giudaici, che se mai fosse esistito veramente non avrebbe potuto avere un capo migliore dell'impavido e squilibrato Hanus.

Diceva d'essere barone. Altre volte vendeva per vere storie finte sul ghetto. Ma vai a controllare: qui non è mai certo cosa sia vero o cosa sia fasullo, è un mondo alla rovescia. Per Hanus la parola fasullo non aveva alcun significato: in fondo ogni racconto finché ci credi è vero; per quanto strampalata e audace, una storia sarà sempre reale finché una sola mente, ne basta una soltanto, pensa o crede o vuole credere che così sia.

Quando gli adulti ci raccontano che il dolore sta per finire. Che gli Alleati non sono lontani, che i tedeschi si ritirano sconfitti da Stalingrado, che i Russi si avvicinano. Che ci verranno a prendere e ci salveranno e ci nutriranno. Che i nazisti stanno perdendo la guerra e se ne andranno tra non molto. È verità o è finzione? Forse il gusto di credere alla propria salvezza è superiore a qualsiasi altro gusto, forse il gusto di provarci a inventare un mondo inedito, fresco come un nuovo numero di giornale, da quel che vedono i tuoi occhi, è più forte perfino di qualsiasi verità. Non è speranza. La speranza è lasciare uno spiraglio nella finestra nera, in un angolo, per vedere se anche quest'anno il melo nel giardino farà i fiori. Quella di Hanus non è speranza, è forza e basta, contro la disperazione, è un assalto alla tristezza. E i suoi racconti ci fanno vivere, almeno per un altro minuto.

«E comunque l'infermiera non è un'infermiera» dice Zdenek.

«Io avevo più dubbi sul medico.» Embryo fa il gesto di chi non sa legare un laccio emostatico e continua a impigliarsi fino ad arrabbiarsi con se stesso e il mondo.

«Il medico non so. Ma le infermiere ti faccio vedere dove vivono.» Zdenek procede davanti a noi, voltiamo un angolo.

«Sbagliamo strada nel tornare a casa. Mi raccomando, questa è la cosa da dire. Ci allontaniamo di poco ma è pericoloso.» Embryo è eccitatissimo all'idea di vedere una cosa nuova.

«Sono arrivate questa mattina con una camionetta, sono polacche e ceche, le ho viste sul retro della caserma Sudeti, dove distribuiscono il pane.» È Zdenek a proseguire.

«Un carico di donne. Ne ho contate sei, forse sette.»

«E per chi sarebbero? Lavorano qui?» chiede Hanus, che per una volta ci ha seguiti.

«Come, per chi sono? I nazi hanno i loro divertimenti. Quelle sono donne facili, non so come dirtelo, donne a pagamento.»

«E io che ho sempre pensato che le donne mi dicessero di no gratis» sorride Hanus. «Ma cosa fanno di preciso?» chiede il capo del Dipartimento dei Problemi Giudaici.

Lo guardiamo come si guarderebbe un pesce morto annegato in una bacinella.

«Va bene, sono sgualdrine. Non volevo farla lunga» ride Hanus, uscendo dal personaggio del finto tonto.

Ci avviciniamo ancora. Da una finestra arrivano due vocine. Ci arrampichiamo mentre Embryo controlla che nessuno ci veda. Un piccolo sforzo e siamo già attaccati alle sbarre. Dentro, il calore rosso della stanza e quel tepore che solo le ragazze giovani emanano, una tiepidezza che sa ancora di latte materno ma che non sa ancora del loro latte materno, di quello che verrà, per noi ragazzi è impossibile da spiegare.

«Quando Peter leggerà quello che scriveremo, sarà felicissimo di essere il nostro editore!»

«Intanto vediamo cosa c'è da raccontare» dico, senza crederci molto.

Siamo appesi alla ringhiera. Le ragazze nella stanza sono tre, stanno frugando in un bagaglio, lo trattano come non fosse roba loro.

«Secondo me è una valigia rubata» dice sottovoce Embryo.

«Lo sembra. Guarda, è piena di bei vestiti» Zdenek allunga l'indice.

È così, le ragazze s'infilano sopra le sottovesti alcuni pezzi di sartoria eleganti, pieni di lustrini e ricami.

«Credete che se li terranno?» chiede Embryo.

«Ma no, ma no. Sono abiti di scena.» A parlare è Hanus, arrivato anche lui sulle grate della finestra.

«Non dovevi fare il palo?» domando, prendendolo per il colletto della giacca.

«Non c'è nessuno, state sereni. Vi dico che è roba sequestrata, quella. La infilano per sentirsi più belle, o per sembrare più belle.»

«Ma sono già belle» dice Zdenek.

«Bellissime, che gamba, che ginocchio» dice Embryo.

«Che stella di Davide al braccio.» Il dito di Zdenek non lascia scampo: una delle ragazze ha la fascia al braccio, se la sta sfilando, la mette a terra. Lo fa con la fragilità di chi si spoglia per la prima volta davanti a qualcuno.

«È molto giovane, quella in fondo.»

«Avrà l'età di Edison.»

«Singhiozza.»

«Le altre due la soccorrono. Perché piange?»

«Forse non vuole spogliarsi.»

«Di sicuro non vuole farlo davanti ai nazi. Le altre lo hanno già fatto, e si vede» dice Hanus.

«Si vede da cosa?»

«Da come sono truccate» sussurra. Restiamo in silenzio. Le due ragazze più grandi prendono le mani della terza, gliele accarezzano. Con una nocca le asciugano le guance, le passano uno straccio che farà da fazzoletto. Lei si asciuga, si riprende.

«Così ci salviamo, pensa a questo. Così torniamo a casa, pensa a questo.» È stata una di loro a sussurrare.

«Cos'ha detto?», chiede Hanus.

«Ho sentito male» risponde Zdenek cambiando posizione di un millimetro.

«Dice che così si salveranno. Così come?» Embryo ha sentito.

«Così, buttandosi nei letti dei tedeschi, come vuoi che si salvino? La ragazza sta male per questo.»

«Ma hanno perso il cervello? I nazi non le faranno mai andare via» si arrabbia Zdenek.

«È come buttarsi in bocca a un lupo rabbioso sperando che ti mangi solo una gamba e lasci libero il resto. Non funziona così coi tedeschi» aggiunge.

«E tu come lo sai?» chiede Embryo. «Magari quelle si salvano.»

«Mio zio ha fatto teatro per i nazi. Li faceva ridere. Li faceva ridere per salvarsi. Li faceva così ridere che una sera l'hanno preso e gli hanno sparato un colpo in testa.» Restiamo in silenzio guardando Hanus.

«Sul palco.» Aumenta il nostro silenzio.

«Dev'essere stata dura» butta lì Zdenek.

«Durissima. Ricordo ancora le sue ultime parole» Hanus abbassa lo sguardo.

Zdenek lo rialza con una carezza e chiede: «Quali furono?»

«Bum.»

Siamo senza freni, continuiamo a ridere senza poter fare rumore.

«Sei un imbecille» è la cosa più gentile che spediamo nelle orecchie di Hanus.

«La ragazza singhiozza di nuovo» dice Embryo.

«Le toccano la pancia. Non soffre perché è la

prima volta. Ha la faccia da prima volta ma non è la prima volta.»

«Cosa vuoi dire?» chiede Hanus.

«Guardale la pancia» continua Zdenek.

«La pancia. Gliela accarezzano, parlano alla sua pancia. Piangono sulla sua pancia.»

«Sono ebree, tutte. E piangono sulla pancia di una di loro.»

Saltiamo giù dalla ringhiera. Ce ne andiamo senza parlare. Ci sentiamo male senza dirlo, per come abbiamo parlato di queste ragazze fragili prima di vederle. Solo in quel momento, nel silenzio della ritirata, mi accorgo che Zdenek è ammutolito. È più forte di lui: ripensa a sua sorella, alla sua sorellona che ha avuto una bella pancia, una pancia sempre più grande. Chissà dove è finita.

«Quante cose avremo da raccontare a Peter» singhiozza Zdenek.

«Più di quante ne sapevamo prima» aggiungo, stringendogli delicatamente un braccio.

La chiamiamo "Passeggiando per Terezín": tra le rubriche fisse del giornale, è quella che descrive ogni volta un luogo diverso del ghetto, una stanza, una via. Perlomeno quei posti a cui possiamo avvicinarci pur essendo ragazzi. Il ghetto è vasto e sono innumerevoli gli angoli diversi da raccontare: quando possiamo, intervistiamo chi ci vive o ci lavora. Se la persona è abbastanza interessante, spostiamo l'intervista nell'altra rubrica fissa, "Uno di noi". Solo l'imbarazzo della scelta si frappone tra noi e la curiosità. Con Embryo e Zdenek ci sediamo a terra nel giardino dietro la nostra caserma: è venerdì e stanotte si riunirà la redazione. Ci leggiamo nel pensiero, e ciascuno tira fuori di tasca il biscotto del prelievo di sangue, che rosicchiamo mentre discutiamo. Non vogliamo arrivare impreparati alla riunione: "Passeggiando per Terezín" parlerà dell'infermeria e di come ogni volta i nazi si inventano una cura diversa che ci farà un gran bene. Vogliamo essere sicuri di non dimenticare nulla: trasfusioni, donazioni, salassi, sciroppi, è il minimo che ci possa capitare e ogni volta è una scoperta. Ma la sorpresa vera è quello che annuncia Zdenek con la bocca mezza piena: «Fuori è l'ora delle coppiette, si va?»

Capitolo dieci

Una terra senza vaso

Si va, scendiamo sulla strada. Siamo i soliti, siamo in sette mentre camminiamo e fatico a non ripensare ai miei pensieri notturni, alla donna che urla, a quel fumo del camino, alle carrozzine. Li rivedo nei luoghi di Terezín. Passiamo oltre, camminiamo; è quasi sera e non fa freddo, gli orari dei lavori sono finiti e le squadre sono tornate dagli orti e dai campi e anche dalle fabbriche nei dintorni, dove obbligano noi ebrei a lavorare come schiavi. A un occhio disattento potrebbe sembrare un momento come un altro nel ghetto, un'ora in cui i rinchiusi sono solo un po' più calmi e riposati, il tempo della quiete meno affannosa, quando le forze si indeboliscono finché nessuno riesce più a resistere alla nostalgia.

Per molti è l'ora del pianto. Per molti è l'ora dell'amore. Non è ancora arrivato il momento di rientrare nelle baracche e di farsi chiudere dentro per dormire, è un'ora inutile per il lavoro ma indispensabile per tutte le coppie di fidanzati. Finché è giorno uomini e donne non possono vedersi perché sono giovani e lavorano, le ragazze negli orti e i ragazzi nelle fabbriche o nelle officine o nei campi. Di notte è vietato avventurarsi nelle strade, tanto più se è per incontrare una donna: ma si sa che qualcuno ci prova e ci riesce.

Tutto accade al crepuscolo, all'ora che non è del giorno e non è della notte, l'amore arriva sempre in un'ora che non è di nessuno. Tutto succede.

Le ragazze sorridono e camminano insieme alle amiche, poi si staccano, si incontrano sole coi ragazzi. Ciascuna col suo, naturale.

«Ma non è sempre detto» dice Embryo con aria da esperto.

Così, quando la notte sta per arrivare, l'amore prende possesso del ghetto per qualche minuto, a volte per mezz'ora. Puoi vedere qualcuno che si tiene la mano, altri che cercano di baciarsi di nascosto, altri che si nascondono e per quel tempo spariscono, sono altrove, chi li cerca non li trova e ritornano felici, felicissimi e spettinati. Amore benedetto.

«Sono quelli che interessano a noi» si vanta Zdenek. Lui ed Embryo escono a caccia spesso e cercano di trovare una coppia nascosta per spiare cosa succede. Sembra che lo abbiano già fatto diverse volte. Ad ascoltare loro raccontano di cose mai viste prima. Stavolta siamo al completo per verificare queste notizie, siamo giornalisti e dobbiamo controllare le nostre fonti, non possiamo lasciare nulla al caso: sarà solo una spiatina, piccolina, piccolissima, ma per professione.

«L'altra sera siamo finiti tra il ponte chiuso e la rimessa delle camionette per gli orti, lì c'è un passaggio che non conoscevamo, un pertugio che si apre su un cortiletto interno, circondato dalle mura del bastione, al di qua della prima rete ma molto nascosto. Non ci va mai nessuno perché non c'è nessun motivo di andarci» ammette Embryo.

«Tranne se hai per mano una ragazza» sogghigna Zdenek.

«Stasera vi ci portiamo» e mi guardano.

Camminiamo lungo la strada, mentre intorno a noi i muri di Terezín assorbono il rosso del tramonto, s'abbronzano e migliorano, il primo buio nasconde le crepe e le macchie, i crolli, il sole del crepuscolo fa il resto con una mano di rubino su ogni casa, su ogni finestra, dai comignoli ai tetti fin giù sulle facce di chi incontriamo. L'eccitazione dipinta sulle pareti.

A stare attenti le coppie di innamorati si riconoscono subito: hanno sguardi seri e sereni, fieri d'essere insieme ma anche preoccupati. Si lasciano andare ma con pudore, in fondo sono sotto gli occhi del ghetto. Ad allenare la vista si riconoscerebbero quelli che vanno a nascondersi: s'incamminano verso certi ripostigli o tane che solo loro distinguono, o perlomeno così credono. Con Embryo e Zdenek ci mettiamo all'angolo tra la rimessa e il bastione, non lontano dal ponte chiuso. Ci appostiamo come cacciatori.

«Dovremo star qui molto?» chiede Zappner, il bambino con la barba. È già stufo di stare coperto dall'erba oltre un muretto basso. Eccoci, noi sette avvolti dall'erba, non siamo i fiori più giovani di Terezín, forse non siamo nemmeno quelli più colorati, siamo erba selvatica, piante spinose e dure, difficili da sradicare e da tagliare, nodosi e cattivi ma dai frutti a volte dolci, abbiamo gemme irte che s'attaccano al pelo dei cani e alle gambe degli umani pur di fuggire via e trapiantarsi altrove, siamo i fiori dei canali che conoscono la cattiveria, siamo piante senza più la terra.

«Silenzio. Arrivano.» Embryo coordina il gruppo.

Siamo piuttosto distanti dalla coppia, e in più la penombra non facilita i riconoscimenti. I due si sporgono, scrutano, verificano. Non ci hanno visti, s'abbracciano e si distendono, rotolano, a lei s'allarga la gonna per un attimo solo, come s'allargano a tempo le nostre pupille. Siamo tutti là con lo sguardo. Noi siamo il braccio che scende lungo la schiena di lei, siamo la mano di lui che le slaccia un bottone, siamo quel dito che le slaccia un altro bottone, siamo il suo labbro che si schianta sul collo di lei, siamo anche il collo di lei e ci godiamo il bacio come se lo dessimo noi alla ragazza o come se da lei lo prendessimo, siamo la mano sulla spalla, siamo i calzoni di lui che scendono, siamo la camicia di lui che vola lontano, ma ci riavviciniamo subito.

Un rumore. Lei rialza la schiena.

«Non è nulla, è il cancello della sezione armata che gira, continuate pure!» sussurra Embryo. E quei due, come se avessero sentito, si tranquillizzano e proseguono.

Ora siamo la mano di lui sul sedere di lei. Siamo lo sguardo di lei che finge di schermirsi, ora siamo i nostri occhi che si voltano verso Zappner. Il bambino con la barba è svenuto: ha le ciglia fisse e le pupille piene di mani che sfregano, sederi, camicette slacciate, mutande.

«Zappner» chiama Peter.

«Ma sei matto? Non urlare» ordina Embryo.

Zdenek arriva da sinistra, si sposta tenendo la testa bassa e camminando come se fosse sotto tiro s'accuccia accanto a noi.

«Si fa così, lo so io» e solleva le gambe al povero svenuto. Forse era usanza sui campi d'atletica quando uno si sentiva male per il troppo caldo. Anche ad Hanus facevano così in infermeria.

«Ha la febbre» dico dopo avergli toccato la fronte.

«Ma le ha mai viste queste cose?» gli chiede Edison.

«Credo sia la prima volta, ma che differenza fa?» lo interrompe Peter.

«Allora non è un colpo di calore», dice Zdenek. «È il cuore.»

«Un infarto?» si spaventa Embryo.

«Sei matto? Si è solo emozionato, semplicemente.»

Zappner riprende colore. Ora siamo la mano che gli slaccia il colletto e gli allarga la maglia, ora siamo le dita di Zdenek che gli levano le scarpe.

«Il mio allenatore faceva così.»

Embryo ha ripreso a spiare, sull'altro lato dell'erba alta. «Le toglie la camicia, via, via, anche la manica.»

Ci voltiamo a tempo come ballerine, torniamo a essere le mani di lui là in fondo che risalgono dalla pancia di lei.

«No, il polsino va slacciato prima. Cretino. Ecco, ora la camicia gliela devi rigirare per levarle il bottone, ma dove sei andato a lezione, da Zappner?» sorride Embryo.

Torniamo con gli occhi sul bambino con la barba, non si riprende ancora. Edison gli tasta il petto con le mani.

«Ma il cuore batte, non è un attacco. È solo troppa emozione» lo ferma Zdenek.

Embryo ci riconduce alla ragazza.

«Mano sulla mutanda, mano sulla mutanda.» Ora siamo quella mano, siamo quelle falangi, quell'unghia, siamo la molecola di pelle, siamo seduti laggiù sulla punta di quelle dita. Nessuno pensa più a Zappner il bambino con la barba che muore felice nell'erba alta per il troppo sangue disperso ovunque nel suo corpo tranne che nel cervello. Ci siamo quasi, le nostre dodici mani sono quella mano laggiù in fondo nel cortile nascosto che si fa strada tra gli strati della ragazza, pulita e spogliata come una cipolla, come un carciofo a cui trovare la parte dolce per mangiarsela condita.

«Vomito» urla Zappner. Si è ripreso e girato. Sta vomitando sui calzoni di Embryo. È pallidissimo, ed è pallidissimo anche Embryo a vedere che fine fanno le sue uniche braghe. La ragazza in fondo se ne accorge, leviamo le dodici mani che la avvolgevano e la strofinavano e ci voltiamo verso il vomito del bambino. Mentre lei si riveste al volo, impaurita, lui la tranquillizza ma l'aiuta, festa finita. Fuggono, ma nel fuggire la ragazza si volta verso di noi, vuole vedere quali manigoldi assatanati la stavano sbirciando. Ed è in quell'attimo che scorge Embryo in piedi, col vomito di Zappner il bambino con la barba che gli cola a cascata dalla coscia alla caviglia.

«Embryo?» urla d'un fiato la ragazza.

Stiamo recuperando il redivivo Zappner quando ci accorgiamo che Embryo è pietrificato, un ultimo pezzo di verza mangiato troppo in fretta e rigurgitato così com'era dalla gola dell'amico gli cola sul ginocchio.

«Come fa a conoscerti? Chi è quella?» chiede Edison.

Embryo sussurra con gli occhi sbarrati: «È mia sorella.»

«Deciso, la frase del giorno sarà "È mia sorella", pronunciata dal qui presente nostro amico avventuriero Embryo.» Peter è molto soddisfatto. Tiene in mano il solito scompiglio di fogli e disegni, la redazione si è appena riunita e ci stiamo occupando delle cose leggere, tanto per scaldarci. La frase del giorno è una tradizione che abbiamo inaugurato da qualche mese. Per ogni settimana, per ogni numero del nostro giornale, scriviamo in un angolo le parole pronunciate da qualcuno. Spesso sono frasi sconclusionate o senza senso alcuno, oppure ironiche, come quando Erik, il bambino pettinato, disse che le patate mancavano di sale e Zdenek gli rispose che era il sale a mancare di patate. O quando Jiri per sbaglio chiamò "maestra" un soldato nazista. Ma lo fece davvero per sbaglio? Accadde a una settimana dalla sua fine e non facemmo nemmeno in tempo a chiederglielo per bene.

Pubblicammo la frase il giorno prima di quel maledetto mattino.

Stavolta la frase del giorno è quella di Embryo.

«Questa notizia quelle aquile di *Rim Rim Rim* non ce l'hanno di sicuro.»

«Ma la spieghiamo?» chiede Josif.

«Nemmeno per idea. Ma scherzate? Mettete la frase e punto, non la si spiega» s'irrigidisce Embryo.

«E se qualcuno ci chiede perché, cosa rispondiamo?»

«Rispondete che l'ho detto rivolto a una rapa, dalla fame che avevo.»

«Sì ma la verità fa più ridere» dice Zappner. «Per una volta, a Terezín la verità fa più ridere.»

Di solito la verità qui fa solo soffrire. È stato Peter a parlare. Non è un caso che il nostro amico sia il direttore del giornale. Peter è quello che capisce più degli altri cosa sta accadendo nel ghetto. È come se sapesse spiegare le cose mentre avvengono o appena prima che sopraggiungano. Mentre molti di noi le sanno raccontare solo dopo che sono accadute.

«Aggiudicato per la frase; e chi vorrà sapere, saprà. Argomenti?»

«C'è la questione del mostro delle fogne» annuncia Josif.

«Eccolo lì, ha parlato ancora con Hanus» sorride Zdenek.

Zappner lo blocca: «Ascoltiamolo, perché questa storia in giro l'ho sentita anche io. Le ragazze se lo domandavano proprio ieri. Sai che anche loro fanno un giornale?»

«Secondo me funziona.»

«Sì, ho parlato col Barone» ammette Josif.

«Ma il Barone è matto.» Zdenek appoggia le mani sul tavolo. «È matto, ha una prugna secca al posto del cervello. Dice in giro che è barone ed è solo una delle cose che racconta.»

«Fatto sta che il mostro delle fogne non l'ho sentito solo da lui. Dice che c'è un mostro nelle fogne di Terezín. Ricordate il passaggio sotto l'arco vicino alla porta vecchia? Lì ci sono gli scalini che scendono giù e se vai sull'angolo senti l'acqua della fogna che scorre.»

«Ma a Terezín le fogne non ci sono nemmeno. Secondo me è un tubo o un canale che passa sotto» lo interrompe Zdenek.

«Non so, ma il Barone dice che nelle fogne c'è un mostro. Fatto come non si sa, ma c'è. E succhia l'elettricità.»

Josif non si arrende, e racconta: «È un mostro famelico che ha sempre abitato qui a Terezín. Si mangiava i soldati quando c'erano le guarnigioni della prima guerra mondiale. Li faceva sparire attirandoli con dei rumorini. Li faceva avvicinare ai tombini e quando erano abbastanza a tiro li risucchiava con la bocca o li prendeva per la testa con le lunghe zampe collose di fogna che si ritrova attaccate alle spalle. Ne sono spariti tanti, così. Ma cosa vai a pensare in guerra? Avranno pensato ch'erano disertori o gente fuggita per la disperazione o gente che l'aveva fatta finita e il corpo non s'era più trovato. La contabilità della guerra è sempre complicata, e quel che importa non sono mai i numeri piccoli. Il mostro succhiava l'energia elettrica dei soldati.»

«Sì, l'energia elettrica dei soldati. Così adesso prendo in mano una lampadina e quella si accende» ride Zdenek, ma tutti sono attenti a Josif.

«Si nasconde nel buio dei liquami e attende, attende, attende per decenni. Succhia qualche lampadina qui e là. O la scossa di una casa. Attende e attende che qualche energia più forte arrivi. E cosa arriva? Arrivano i fili, i cavi, qualche lampione, e come un fiume costretto in un tubo arriva anche lei, la sua golosità elettrica. Arriva a bizzeffe con l'occupazione, ma il mostro non sa nemmeno cosa voglia dire nazionalsocialismo. Smette di succhiare persone e si mette a succhiare energia elettrica, facendola mancare alle case e alle strade. La gente se ne accorge e manda qualcuno a vedere giù dove passano certi cavi. Nessuno ritorna, il mostro se li mangia. Scoppia il panico ma con la guerra la gente dimentica in fretta e molti non credono alla storia del mostro. Poi arrivano altri nazisti dalla Germania, evacuano il paese, mandano via tutte le persone e comprano le case e ci mettono il ghetto. Così anche gli ultimi a sapere del mostro se ne vanno e nessuno racconta più la storia. E se la racconti lontano da qui, chi vuoi che ti creda? Quando arriva il buio, non sono i nazi a comandarlo.»

«Bella questa. Così il coprifuoco non è una decisione dei nazisti?», chiede Peter.

«Dice Hanus che non sempre sono loro, a volte nemmeno i nazisti possono controllarlo. C'è un mostro che s'attacca alla luce e la risucchia. S'attacca con la bocca e la beve come fosse acqua di rubinetto, così alla sera le lampadine sono spente» prosegue Josif.

«Ma le luci dei nazisti sono accese.»

«Si vede che non se la beve tutta, l'elettricità. Si vede che i nazi hanno una riserva, hanno un cavo che fa un giro diverso, che non passa nelle fogne, si vede che i nazi son d'accordo col mostro, cosa ne so?»

«Secondo me è un argomento strano» dice Peter.

«Non è che facciamo passare i nazisti per indifesi e deboli?» chiede Zappner, il bambino con la barba.

«Indifesi no. E non deboli come uno che vede un paio di mutande e sviene» ride Zdenek.

«Erano le mutande di sua sorella» Zappner indica Embryo. «Con le mutande delle altre non svengo mai.»

Ridiamo. In silenzio, come sempre, ridiamo. Ridiamo mentre la candelina balla la sua danza zitta, mentre le nostre ombre discutono di luce e di buio lungo i muri accanto alla camerata, ridiamo muti mentre i nostri lettori dormono nei letti caldi. Mentre quelli sognano, noi raccontiamo, mentre le loro teste camminano in un mondo diverso, dove forse non c'è nazista e urlo, non c'è camerata e fame e nostalgia, noi intorno al tavolo della redazione siamo quelli che raccontano l'urlo e il nazista, la camerata e la nostalgia e la fame. È la nostra fame, la fame di raccontare.

«La mettiamo in pagina?» chiede Zappner.

«Facciamo così. La scriviamo. Lasciamo il dubbio che sia un'invenzione, potremo sempre dire che era un racconto inventato. Non mi suona per niente bene» dice Peter. Fosse per lui la toglierebbe, ma non vuole buttare via completamente l'idea di Josif.

«Altro?»

«C'è un nuovo comandante del ghetto. Si chiama Rahm e in strada lo chiamano già "lo zio Rahm", non so perché.»

«Questa la scriviamo. Altro?»

«Ho gli appuntamenti della settimana: due cose a teatro, una mostra d'arte che finisce e una che inaugurano tra poco, le marionette proseguono per un altro mese, forse mercoledì viene a parlare qui da noi un filosofo ebreo, e qualche concerto, però uno non è ancora sicuro. In più, il nuovo spettacolo teatrale: *L'ultimo ciclista*. Ma non ne so ancora molto» comincia Zappner.

«La serata di cabaret di domenica ha venduto molti biglietti?» chiede Embryo.

«Trecento. Ma ne faranno entrare di più, come l'altra volta.»

«Li abbiamo i biglietti per la redazione?»

«Li abbiamo» dice Zappner appoggiando sul tavolo sette cartoncini rossi pieni di scritte.

«Ho il numero nuovo di *Rim Rim Rim*.»

«Le aquile della stanza Sette si sono rimboccate le maniche: guarda quanto producono.»

«Le ali. Si sono rimboccate le ali.»

«Ho anche *Bonako*» dice Zdenek.

«E bravo, il giornalino dei tedeschi. E come lo leggiamo?» sorride Josif.

«Ho *Domov, Noviny* e ho anche *Kamarád*, il giornalino dei bambini. Tieni, è pieno di figure, così lo capisci anche tu.» Zdenek lo allunga a Josif, che storce la bocca.

«Ma quanti concorrenti abbiamo?» sospira Zappner.

«*Vedem* non ha concorrenti, non ne abbiamo mai avuti. Recensioni di libri?» chiede Peter.

«*La capanna dello zio Tom* di Harriet Beecher Stowe» rispondo. Lo ha letto anche Josif.

«I neri americani erano trattati come noi, da schiavi. Mentre lo leggevo capivo esattamente i loro sentimenti, chissà se il destino sarà lo stesso» dice.

«Raddoppiamo lo spazio della recensione, il tema è importante. Altro?»

«Sono arrivate le donnine per i nazi.»

«Donnine donnine?» chiede Josif.

«Donnine donnine.» È Edison a parlare. «Le ho viste scendere dal furgone, saranno state quattro, forse cinque. Donnine per i nazi. Aiuteranno a dare una sistemata alla mitragliatrice di Bergl.»

«Bergl non c'è più. Dove l'hanno spedito?»

«In Russia?»

Aggiunge Embryo: «Le abbiamo viste anche noi, le donnine. Il Barone dice che sono sei o sette. Ceche e polacche. Le hanno scaricate dietro il cinema nuovo. Una di loro aspetta un bambino.»

Silenzio.

«Ne parliamo la prossima settimana, sentiamo in giro cosa ne sanno anche gli altri.» Peter è deciso.

A letto non riesco a dormire finché non sento quell'urlo. Sono sui bastioni. La luna illumina un vestito bianco, forse c'è dentro una donna bianca, ho un brivido che scende dall'orecchio alla spalla se la guardo negli occhi neri, scavati, si volta verso di me e urla, grida con la bocca marcia. Ma la bocca non è marcia e gli occhi non sono più di scheletro, mi guarda e grida il nome di un uomo, grida il nome di Jan.

Perché, donna, gridi il nome di Jan? Lo fa agitando le braccia verso di me e verso il buio, là dove Terezín finisce e il bastione scompare nella notte. Ora corre, si ferma e urla di nuovo. Sempre più forte, è il nome di Jan. Ora le sono vicino, le parlo ma ho paura. Perché, donna, gridi il nome di Jan? Non è una donna, è un cucciolo di ragazza, ha dita fatte solo di ossa, si tiene una mano sulla pancia come se contenesse la cosa più preziosa che possiede. Si piega per carezzarmi la testa.

«Lo sai dov'è mio fratello?» Appena mi tocca mi sveglio.

È buio, la camerata è silenziosa. Qualcuno respira più forte. Una luce di taglio filtra dalla finestra e illumina il contorno dei piedi di Embryo, che spuntano dalle coperte. Smetto di trattenere il fiato per il terrore e riprendo a ragionare. Chi si chiamava Jan?

Capitolo undici

Teste

1944, maggio

Siamo stati settimane fa in biblioteca da Emil Utitz: indirizzo L216, secondo i parametri nazi. Il signor Utitz protegge i libri da non sappiamo che cosa. Li custodisce, li presta, li riordina. Dice che quando ha cominciato ce n'erano trentacinquemila ma in brevissimo tempo hanno superato i cinquantamila. Nel ghetto hanno deportato ebrei dai territori occupati dai nazisti e a molti di loro vengono tolti i libri. Una serie è arrivata dai nazi stessi, diceva il signor Utitz. È la solita storia: vogliono che stiamo buoni e pensano che un libro ci faccia stare tranquilli. Invece è il contrario.

Nei libri leggi di gente libera, e tu non lo sei. Ancora. Nei libri leggi di gente coraggiosa. E tu non lo sei, ancora. Nei libri leggi del paradiso, e a te sembra di vivere in una specie d'inferno. Il signor Utitz lo sa, così ci presta solo le storie che ci danno coraggio, che ci aiutano a sopravvivere; e non ci consiglia mai quelle tristi. Cosa ce ne faremmo? La tristezza è gratis, è lei che ci viene a trovare e non c'è nessun bisogno di andarla a cercare. In biblioteca, poi.

Oggi i libri sono centomila, forse di più. Un mucchio. Una biblioteca così grande non l'avevo mai visitata nemmeno a Praga, chi pensava potesse esistere nel ghetto?

Cucinare, leggere, vivere, resistere, che differenza fa? Siamo stati da Friedl, una donna saggia e coraggiosa che insegna a disegnare alle ragazze. Abbiamo conosciuto un musicista che è riuscito a portare nel ghetto un violoncello vero: l'ha smontato, nascosto in valigia e rimontato una volta dentro. Siamo stati anche alla cucina dei ragazzi. C'è il signor Radl che aiuta i giovani cuochi all'indirizzo L318. La lettera L sta per "strada longitudinale", a Terezín ce ne sono sei e tagliano il ghetto per il lungo. Il primo numero è il numero della strada. Gli altri numeri sono il civico della casa. L318 vuol dire strada longitudinale 3, casa al numero civico 18. Se trovi un indirizzo con la Q, è perché si trova su una strada verticale: ce ne sono nove. Semplice sì, nazi pure.

Per la rubrica "Passeggiando per Terezín", oggi il luogo scelto è al centro della strada L6, è Kavalìr, una caserma dove vengono tenuti i matti. Ci veniamo in perlustrazione io, Embryo e Zappner il bambino con la barba. Lui è molto interessato perché una sua vecchia zia è stata matta. È stata perché l'hanno poi curata con certe medicine molto forti: ora non è più matta ma la poltrona sulla quale riposa ha molta più forza di volontà di lei.

Per la strada gli uomini si tolgono il cappello, quando incontrano un nazista, le donne fanno un lento inchino.

«Sono le leggi di questa settimana. Togliersi il cappello. Profondo inchino. La settimana prossima vedremo. Ancora non si cammina sui marciapiedi. Un pezzo di pane costa qualcosa in meno, e ho visto un soldo da dieci, l'altro giorno.» Embryo è informato. Avrà fatto a botte con qualcuno per avere quel soldo? Probabile. Forse avrà fatto a botte anche senza motivo.

Davanti all'ingresso della Kavalìr esitiamo.

«Si va?» chiede Zappner. È impaziente.

«Si va.»

Entriamo. Corridoi più alti che negli altri edifici. Vecchi signori sui lati del corridoio ci guardano confusi. Alcuni allungano una mano. Sono ombre di vecchi, vestaglie con dentro niente. C'è quasi buio.

«Mia zia aveva il terrore della luce. Diceva che le

bruciava gli occhi e strillava continuamente finché qualcuno non abbassava le tende o chiudeva le imposte.» Zappner ne sa certamente qualcosa. Procediamo.

I lamenti e gli echi che vengono dalle stanze sono meno paurosi di quanto me li fossi immaginati. Sono invocazioni da bambini, vocali che volano tra le pareti.

«Cercate qualcuno?» Un infermiere ci viene incontro.

«Siamo della redazione di *Vedem,* vorremmo scrivere qualcosa su questo posto.» Embryo si fa avanti.

«E cosa scrivereste?»

«Non lo sappiamo ancora, prima vorremmo vedere.»

«Bene. Venite. Ma state attenti ai cavalli.» L'uomo procede davanti a noi.

«Ha detto cavalli?» sussurra Embryo. Ci guardiamo. L'uomo avanza trascinandosi sulla gamba destra, in certi passi. E in altri sulla gamba sinistra. Siamo in fondo al corridoio. I vecchi sui lati erano maschi e anche quelli in fondo lo sono. Sono vestiti in modo bizzarro, come a caso, non che a Terezín tra noi ebrei si sia mai visto qualcuno vestito decente, ma questi battono tutti. Sono vestiti di stracci.

«Sei il mio nipotino?» un vecchio ha afferrato

Zappner per una spalla, poi per un braccio. Il bambino con la barba è atterrito.

«Ma no, signore, non lo vede? Non è suo nipote. Questo qui ha la barba!», Embryo ride come un matto quando il vecchio si convince e molla la presa. Zappner si scosta.

L'infermiere ci apre una porta dipinta d'azzurro sul fondo, che ci riversa su una scala dalla ringhiera traballante.

«Io non posso salire, ci sono i cavalli, lassù» dice.

«Naturale. Noi invece vogliamo un gran bene ai cavalli. Non ci faranno niente.» Embryo mi guarda e strizza un occhio.

«Non ci faranno niente» ripetiamo io e Zappner senza pensarci. Saliamo.

«Anche l'infermiere è matto. Stai prendendo nota, barbetta?» chiede Embryo. «Qui il coraggio del sottoscritto sta conducendo i due codardi in un luogo dove nessuno della redazione è mai stato.»

Ma appena Embryo gira l'angolo alla fine della scala e apre la porta che introduce al primo piano, caccia l'urlo più forte che gli ho mai sentito. Richiude la porta col fiatone. Ora ride. Ma lo spavento lo ha preso sul serio. Riapre.

«C'è il muso di un cavallo, appena oltre la porta, con gli occhi scavati.» Entriamo. C'è davvero.

Un cavallo di legno, grande come un cavallo vero, montato con chiodi e bulloni mettendo insieme pezzi di legno diversi, intagliati, scolpiti da uno bravo. A cavallo del cavallo c'è un signore magrissimo.

«E voi chi sareste?» chiede il signore sul cavallo.

Embryo non sta più nella pelle. Sognava di dover rispondere.

«Messere, siamo pellegrini giunti da lande lontane, desideriamo passare nelle vostre terre, se vossignoria lo permette, per sollazzare le nostre menti e rigenerarci nel fisico e nell'anima, onde proseguire più risoluti e desti verso inedite mete.» Siamo senza parole e guardiamo Embryo come se si fosse messo a cantare in tedesco vestito da donna.

Anche il signore magro lo squadra: «Siete matti? Cosa ci fate qui?» Termina d'inchiodare un frammento di legno più rigido e scende.

«Qui ci sono solo vecchi e pazzi nella testa, io devo accudirli. Ronzatevene altrove.» È spazientito.

«Ma sentite, messere, conduceteci...», Embryo non fa in tempo a ripetere "messere" che viene fulminato dallo sguardo del signore.

«Senta, siamo del giornale, vorremmo solo incontrare qualcuno per raccontare questo luogo, anche questo, di Terezín» dico. Sembra convincersi. Visto da vicino, è evidente che è un dottore.

«E cosa pensate di trovare? L'unico che capisce qualcosa qui dentro è Berthold.»

«E chi è Berthold?» chiede Zappner timidamente.

«Berthold lo scultore. Stavo giusto risistemando una cosa che ha preparato lui. È nella stanza là in fondo. Ci arrivate da soli, pellegrini giunti da terre lontane per sollazzare i vostri cervelli piccolissimi, o il messere vi deve accompagnare?» chiede. Camminiamo verso quella porta mezza aperta, in fondo al corridoio.

La stanza è larga e il pavimento è pieno di trucioli. Sul tavolo ci sono vasi e vasetti, un secchio d'acqua. Ci sono bozzetti di sculture di legno e di creta. Berthold dev'essere l'omone di spalle, gira intorno a un grande pezzo d'argilla e lo modella, lo tira con le sue manone, poi usa una spatola, un coltello, lo graffia, ne asporta un pezzo grande come un fegato, lo appoggia sul tavolo, riprende a martoriare la terra, ora con più finezza, quasi con dolcezza, ora duramente. Gioca a smagrirla, poi la gonfia.

«Entrate pure» ci accoglie senza voltarsi. «Se c'è una sedia prendetela.»

«Grazie» dice Zappner.

«Lei è il signor Berthold Ordner?» chiede Embryo.

«Sono io. E voi, messeri? Ho sentito dal corridoio perché siete qui, ma ancora non capisco.»

Berthold allunga un braccio, tasta il tavolino accanto a sé e prende un coltello con la punta spezzata, il manico mezzo rotto, lo usa per scavare via dalla scultura una zona, ne fa un brandello, poi ricompone la struttura al volo prima che ceda e ricada su se stessa, la riprende da dietro e ricomincia a modellarla con una spatolina buffa. Mugugna qualcosa di incomprensibile per convincere la terra a stare in piedi. La terra riprende a obbedire.

«Non è terra molto buona» dice. «Ma a trovarne di buona non bisognerebbe essere qui.»

«Siamo venuti per vedere questo posto. Non sapevamo che ci fosse lo studio di un artista» annuncia Embryo. Berthold si volta. Ha gli occhi scavati come il cavallo di legno montato nel corridoio.

«Grazie per avermi chiamato artista» borbotta. Riprende a modellare quel pezzo di terra troppo molle. Lo afferra e lo appoggia, aggiunge argilla da una ciotola lì accanto, si bagna le mani e prosegue.

«Cosa volete sapere?» È solo a quel punto che ci accorgiamo del suo accento strano.

«Lei non è di Praga, no?»

«No, si sente ancora un po' nel mio modo di parlare. Sono tedesco, ma a ottobre saranno tre anni che sono qui. Ho imparato la lingua.» Si volta, viene verso di noi.

«E voi siete di Praga? Quanti siete, tre?»

Strano che ce lo chieda, siamo davanti a lui e ai suoi occhi.

«Noi due siamo della città, mentre lui è delle campagne.» Embryo indica Zappner.

«E come vi chiamate?»

Embryo sta per rispondere quando Berthold urta un tavolino dove riposavano vasetti di vetro e una lampadina, che Zappner afferra appena in tempo mentre lo scultore si siede su una poltroncina tutta rosicchiata dal tempo. Sbuffa, ha le mani piene d'argilla che si secca tra le dita, sbiancando. Le sciacqua in un catino lì accanto.

«Le è caduta la lampadina» dice Zappner.

«Quella a me non serve» risponde lo scultore.

«Non sta bene?» chiede il bambino con la barba.

Berthold sorride come chi si è già sentito fare la domanda mille e mille volte, fino al giorno in cui non gliel'hanno fatta più perché hanno cominciato a considerarlo vecchio e specialmente matto.

«Dipende dai punti. Di vista» dice. È completamente cieco.

Si alza, si avvicina.

«Voi ci vedete?»

Facciamo sì con la testa. Berthold lo intuisce, non c'è bisogno di ripeterlo a voce.

«E cosa vedete?»

«Vediamo un artista, gliel'abbiamo già detto» risponde Embryo.

«Non qui, in giro. Se volete raccontarlo, dovete vederlo. No?» L'omone si è avvicinato tanto che potrebbe abbracciarci e stritolarci senza battere ciglio. «Allora, cosa avete visto?»

La domanda di Berthold è talmente diretta da diventare misteriosa. Non abbiamo più il coraggio di prendere appunti.

Si avvicina ancora, noi ci spostiamo indietro. Prende Zappner per una spalla, Embryo per l'altra e mi chiude nel mezzo.

«Fermi qui» dice. Lì accanto, su un tavolino, riposa una torta di terra argillosa bagnata. Berthold lo sa e vi affonda la mano destra, ne cava quanto basta. Quanto basta per cosa? Ora passa un indice e un pollice della sinistra sopra la fronte di Zappner. Scende lungo le cavità degli occhi, le tempie, gli carezza il naso, Zappner è impietrito, con un dito Berthold tasta tutta la curva del naso fino alle narici, mentre con il pollice tocca gli zigomi, come se misurasse distanze, valutasse forme, appoggia l'altro palmo su uno zigomo e procede, simmetricamente, tocca la bocca al bambino con la barba.

«Che barba che hai» dice Berthold.

Embryo sorride.

Con la destra, lo scultore afferra l'argilla e le dà forma. La sinistra rimane aderente al viso di Zappner, lo scruta coi polpastrelli mentre l'altra lavora, forma, sposta pezzi d'argilla, li tira in piedi e li riabbassa, li mescola, li disfa in fretta per rifarli lentamente. Ora Berthold lavora con le due mani, ora con le due mani carezza il viso di Zappner. Il bambino con la barba ha l'aria del coccolato che se la gode ma anche del condannato. Non sa cosa scegliere e pendola dall'una all'altra emozione. Lo scultore mescola la base dell'argilla, la deforma alzandola, la riabbassa, modella uno zigomo di terra, un occhio, tocca i capelli a Zappner e compaiono capelli di qua nell'argilla, tocca la guancia ed ecco una guancia di terra, tocca il collo come se volesse strangolarlo, lo tasta e tasta di nuovo ed ecco il collo scultura, sul tavolino accanto a Berthold. Qualche dettaglio. Sistema il mento perché gli sembrava forse troppo a punta, aggiusta un sopracciglio caduto, abbassa l'attacco dei capelli perché la fronte si presentava meno ampia. Finito.

Siamo senza parole.

«Allora, cosa avete visto?» chiede di nuovo Berthold. Le parole continuano a non uscirci. Su quel tavolino c'è Zappner in argilla. È perfetto. Non è solo uguale nella faccia, ma è uguale nella sua espressione tra il timido e l'impaurito, come se Berthold lo avesse guardato dentro.

«Ditemi, è il vostro amico? Ditemelo. Io sarò anche cieco ma voi mi sembrate muti.»

«Signor Ordner, lei ha fatto una cosa straordinaria.»

«Chiamami Berthold, per favore» dice. Con le

mani sta rifinendo il colletto. Perfino il bottone è uguale a quello vero di Zappner.

La faccia del nostro amico è sporca d'argilla e somiglia ancora di più alla scultura: hanno la stessa espressione, lo stesso colore. Sono gemelli.

Ci avviciniamo.

«Per vedere non basta avere gli occhi.»

«Per vedere bisogna toccare da vicino le cose, talmente vicino da sentirle dentro, come sono dentro, sentire cosa sentono» aggiunge.

«Lei mi ha visto dentro?» chiede Zappner.

«Oh, no. Nemmeno per sogno. Ci conosciamo da così poco, dovrei essere un mago. Io ho visto solo come tu vedevi me. E per me mi vedevi così. Così ti ho modellato nella terra.»

Fa lo stesso con Embryo e me. Si ferma.

«Ma vorrei raccontarvi una storia, posso? Me l'ha fatta venire in mente il vostro amico con la barbetta.»

Le tre seggiole sulle quali ci riaccomodiamo smettono di cigolare: anche loro si preparano ad ascoltare il vecchio Berthold.

«È una storia che ho inventato una sera. Non è finita, ma voi siete scrittori e mi aiuterete a concluderla.»

Siamo in redazione. Zappner ha già raccontato. Tocca a Embryo.

«E la storia di Berthold diceva così. È la storia di un uomo a cui non cresce la barba ma spuntano le ali. Gli spuntano le ali sulla schiena. Se ne accorge un giorno perché la camicia gli tira e trova dei buchi nelle giacche e sente sotto le scapole due moncherini, come due ossicini che spuntano. L'osso è morbido e si può tagliarlo via, non fa male. Come tagliarsi le unghie, né più né meno.

«Ma la barba continua a non crescere e le ali invece spuntano di nuovo. L'uomo era convinto di averla fatta finita, ma si sbagliava. Si ritrova le ali ancora sulla schiena, due moncherini. Li taglia ma aumenta in lui la curiosità di vederle, le ali. Stavolta le ha lasciate crescere un dito di più: vedeva già le prime piumette. La prossima volta sarà quella buona.

«Passano le settimane: il moncherino ritorna, aumenta, esce dalla schiena dell'uomo, si sposta, cresce, s'allarga e lascia andare altri moncherini, una membrana e piumette leggerissime che diventano piume e altre ancora, e penne e penne più larghe, bianche e grigie come quelle dei gabbiani. Un bel mattino l'uomo ha le ali. Apre la finestra e volando se ne va.»

«Finita?» chiede Josif.

«Finita» risponde Embryo.

«Capite che sarebbe da concludere?» propone Zappner.

«A me piace già così» dice Peter. «È misteriosa. Voi che ne dite?»

«Dico che sarebbe meglio raccontare dove va quell'uomo, cosa fa con quelle ali.» Josif non è convinto.

«E si potrebbe anche illustrare.»

«Pensiamoci un po'.» È Peter a decidere. Aggiunge: «Su questo numero non ci sta, la prossima settimana decideremo come metterla in pagina. Altro?»

«Sono venuti i tizi della Croce Rossa ma quasi nessuno li ha visti.»

«Ci porteranno fuori a lavorare» dice Edison, come se non avesse sentito l'argomento. Non è sereno mentre parla. Si è già dimenticato di certe risate scatenate dai racconti sui matti: ora pensa al tempo a venire.

«I nazisti dicono che gli serve una squadra per andare a prendere la gente nuova che arriva da fuori. Hanno scelto la mia squadra. Qualcuno ha fatto notare che siamo solo elettricisti, nel nostro blocco di lavoro: ma non c'è stato verso. Dopodomani ci caricano sopra un camion e ci portano a Litomerice. Ho paura che sia una scusa.» Lo dice come se avesse tenuto un segreto fino a quel momento, chissà, per non rattristare gli amici, per non farsi compatire o non apparire debole.

Facciamo silenzio.

Chi scriveva smette di scrivere. Edison prosegue.

«Sai cosa dicono, no? Sai dove vanno a finire i treni.»

Zdenek tira il fiato e lo rincuora, con una mano intorno al collo, piano: «Ma no, Edison, domani l'altro andate a prendere dei nuovi, non succederà niente. Arrivano. Arrivano. Non sarete voi a partire.» Ma mentre lo dice gli si rompe la voce. Allora ci pensa Peter, che prende un braccio a Edison.

«Dicono che stanno arrivando dei nuovi adulti dalla Germania, ebrei come noi.»

Conosco abbastanza bene Peter per capire che sta mentendo, che forse questa cosa non l'ha mai sentita. L'ha detto per fare forza a Edison? E non posso fare a meno di ripensare a quel carro da morto dove il mio amico è salito, insieme ad altri, per andare al lavoro.

«Edison, tu sei un bravo elettricista, non ti faranno niente.» Anche Embryo annuisce. Il cuore di Edison rallenta e quella goccia che stava per uscire si trattiene sulla soglia dell'occhio, come chi pensa d'aver dimenticato qualcosa in casa e fa per tornarvi. Rientra, e uscirà in un'altra occasione, ne siamo certi, in un'altra occasione.

Senza pensarci ci siamo stretti intorno a Edison. Torniamo a sederci. Recitiamo la filastrocca di Shkid, ormai è il nostro inno. *Cammineremo avanti bel bello / in quale Dio credi non importa perché.* Andiamo a letto, si spegne la candelina, s'abbassano le voci. *Ogni persona è come un fratello / La vera Repubblica siamo io e te.* In terra, dappresso alla mezza coperta di Zappner, c'è la sua testa d'argilla che si asciuga e riposa. Due fratelli: uno a letto, quello in carne e ossa, e il gemello identico di creta lì vicino a fargli compagnia. Accanto al letto di Edison c'è la testa della regina; il suddito dorme preoccupato e sua maestà lo accudisce, gli fa la guardia come una regina madre. Ognuno ha la propria testa accanto al letto o sul cuscino o via, dispersa altrove nei sogni. Sento ancora le dita crespe di Berthold Ordner che mi passano teneramente sulle guance e sugli zigomi: solo oggi e soltanto a noi quell'artista matto ha regalato i suoi occhi.

Capitolo dodici

Trasporti

A Terezín la parola "trasporto" non è una parola normale. Lo capiamo stanotte, guardando la faccia di Edison che non ha voglia di parlare. È stato sul lato degli arrivi, in quella parte di ghetto dove ammassano la gente prima di portarla nei fabbricati. È andato dove arrivano i treni. È andato a smaltire uno dei nuovi trasporti. Uno di quelli in arrivo, perché chi va a smaltire i trasporti in partenza vede cose diverse. Si siede su una seggiola, Edison. La redazione è riunita ma aspettiamo lui, il suo racconto della giornata.

Erano perlopiù vecchi ebrei tedeschi, Peter non si sbagliava. Sono arrivati col treno a Litomerice dalla Germania, un po' da Berlino, un po' da Dresda. Quelli di Dresda hanno fatto meno strada. Li hanno fatti scaricare. Sono scesi con gli occhi arrossati dalla nostalgia di casa ma ancora pieni di speranza. I nazisti in Germania hanno venduto Terezín come una località di villeggiatura, di terme. Quei vecchi e quelle vecchie ci hanno creduto, hanno pagato, si sono imbarcati sul treno coi bagagli pieni di quel che avevano, di quel che serviva, ma tante cose le avevano lasciate a casa, prima o poi si torna, pensavano. Sono scesi dal treno cercando con gli occhi un segnale delle terme, un alloggio, un balconcino coi fiori, un ruscello, un cameriere.

Il primo ha preso un colpo di manganello tra gli occhi, che gli ha lasciato una strisciata nera fin dietro l'orecchio, ha urlato cadendo, non si è rialzato subito ma poi lo ha fatto, pensando quasi a un incidente. La sua testa era ancora nella civiltà, il suo cuore aveva ancora sentimenti. Si è rialzato per prendere un'altra manganellata, stavolta tra le prime costole. Anche la vecchia dietro di lui ha fatto la stessa fine, guardando il nazista come il cane guarda il padrone che lo picchia senza comprendere perché. La guardia col manganello si è appoggiata al vecchio con un piede, si è sporta col corpo e ha colpito senza pensarci anche la vecchia, e anche quella dietro di lei, di striscio. Ha preso la prima per una spalla e l'ha gettata giù dal treno, dove un altro nazista l'attendeva con un manganello ancora pulito.

Li hanno picchiati finché le valigie a terra non sono state coperte del loro sangue. Li hanno picchiati ancora, così, per insegnare che il peggio è sempre in arrivo. Il nazista che era salito ha cominciato a spingere la moltitudine giù dal treno. Urlavano dai finestrini, i tedeschi ebrei e il nazista tedesco, era una lotta tra tedeschi.

Edison non parla ma vediamo il treno nel riflesso dei suoi occhi, sentiamo le urla guardando le sue orecchie, lo scrutiamo come se fosse un libro e il suo corpo ci riporta una cronaca senza pronunciare nemmeno una parola. Nei suoi capelli tracce di sangue, non è sangue suo, è il sangue dei bagagli che ha dovuto spostare in fretta, il sangue è rimasto sulle sue mani ma ora non ce n'è più, se le è lavate. Per la fretta o il sudore deve essersi aggiustato i capelli, o forse le mani nei capelli ci sono finite da sole, per la disperazione, e hanno lasciato il sangue di quei vecchi a sistemargli la pettinatura con strisce di vermiglio. Leggiamo il suo corpo come un racconto.

Eccolo che tira una valigia e un tedesco gli urla di tirare più forte perché la vecchia non la vuole lasciare. Allora il nazista colpisce la vecchia urlando a Edison di tirare e tirare. Edison si spegne e tira finché la vecchia cade in avanti, Edison si sporge come per sorreggerla ma non fa in tempo, le sue braccia sono lente rispetto ai calci del nazista e uno lo prende anche lui perché è lento, Edison si sposta: è il sangue della vecchia quello che ha in testa?

Più in là i nazisti strappano i vestiti a una ragazza, sporcano di terra bagnata un vecchio elegante, lo rivestono di fango e la ragazza urla, dietro una casa d'angolo, colpita dai pugni dei nazisti, Edison afferra una nuova borsa, la porta nel mucchio delle valigie sul camioncino. Ci sono due nazisti che urlano a un povero vecchio sordo che non capisce e prende bastonate così forti che gli fanno schioccare la testa sulle pietre della strada. Là c'è un nazista che ruba orologi e collane: ha aperto una valigia e getta i vestiti per aria.

Sono vestiti belli, pieni di pizzi. Sputano tanto, i nazisti, sputano sui pizzi. Qualcuno ruba. Tra i piedi dei vecchi resta un corallo mescolato al sangue della terra. I vecchi ci passano sopra a piedi, recuperano quel che resta dei loro bagagli e s'incamminano tra due ali di tedeschi che colpiscono ancora.

Qualcuno, più giovane o più disperato, viene raggiunto mentre s'allontana correndo, preso a randellate, a colpi di sedia, abbattuto con un bastone nella schiena e riportato nella fila. Procedono. Edison è seduto a terra, porta l'ultima valigia trascinandosi, finché non parte il colpo di pistola.

Ce l'ha scritto su una mano, quel che accade dopo, è la mano che tiene chiusa sul tavolo. Leggiamo quel che è accaduto lungo il suo braccio ancora sporco, la sua testa ferita, le croste che un po' per volta scompariranno dalle sue gambe, ma Edison non parla, Edison oggi si è spento con quel carico di vecchi ebrei rovinati. I tedeschi nazisti hanno imbrogliato i tedeschi ebrei, li hanno portati a Terezín senza deportarli, hanno usato la parola "trasporto" come l'avremmo usata noi prima di arrivare nel ghetto, una parola che sapeva di vita normale, di vacanze e di altrove, di bene. Invece una maledizione ha aperto le loro porte, è entrata negli ultimi mesi della loro vita.

La stessa maledizione che si riflette nelle nocche di Edison.

Zappner gli asciuga un taglio con uno straccio. Il taglio non ne vuole sapere di smettere di sanguinare e continua a raccontare di spinte e botte, colpi, urla incomprensibili, parole diventate lame, costole rotte. Pistolettate.

Un vecchio è disteso con una guancia contro la terra, fermo e silenzioso. Ha un buco nella schiena, piccolo come una pallottola, e quei suoi occhi di morto ora guardano gli occhi di vivo di Edison, gli spediscono via aria le ultime volontà, gli illuminano le orbite come due lampadine in una stanza troppo piccola: il vecchio ha ancora la forza di chiudere gli occhi. Lo fa. Come se avesse aspettato, solo in quel momento esce il sangue dalla ferita, prima inzuppa la maglia bruna del signore morto e poi si ricompone in macchia sul terreno, rigagnolo sottile, freccia nera e porpora che indica chi l'ha ucciso. Il nazista si sposta, s'occupa d'altro. Gli altri vecchi sono senza parole, in fila. Aumentano il passo.

Edison ha le mani che continuano a raccontare anche se nessuno di noi le ascolta più: guardiamo il nostro amico piangere, il nostro amico che non ha aperto bocca e ora piange senza lamentarsi, come una sorgente silenziosa.

Le gocce si illuminano come lampadine minuscole sul tavolo e riflettono la candela accanto alle carte, inzuppano gli appunti, si fermano come pioggia tra le righe del nostro giornale. Anche le sue lacrime raccontano: nei riflessi d'acqua leggiamo la marcia a piedi dietro i vecchi. Edison li ha accompagnati fino al ghetto, con gli altri ebrei, camminando nella campagna che fingeva di non vederli, camminando tra file di alberi che si voltavano dall'altra parte, gazze e corvi presto dimentichi di quanto accaduto, creature nascoste e inconsapevoli.

Hanno sistemato i vecchi in una caserma, schiacciandoli dentro. Hanno preso posto fin nelle soffitte, nei letti a tre piani. Dopo pochi minuti c'era già un caldo che non lo potevi sopportare. Edison ha scaricato sulla porta le valigie svuotate dei beni preziosi. Poi se n'è andato con gli altri ebrei lavoratori: turno finito, trasporto sistemato, carico smaltito. I nazisti sono soddisfatti, parlano tra loro nella lingua di

Edison, che capisce e viene a sapere della truffa ai danni dei vecchi tedeschi. Così può raccontarcela.

«Abbiamo un editoriale di Eisinger, per il numero di domani.» È Peter a parlare mentre distribuisce la posta. Ne è arrivata per alcuni di noi, c'è un sistema postale possente, paradossale. Una cartolina, due lettere. Le consegna aperte perché prima sono passate dalla censura nazista che le ha controllate per bene, naturalmente. Accanto ai baffetti del Führer stampati sul francobollo, le frasi d'amore degli amici, di alcuni parenti. Chi le riceve le apre sempre sorridendo, ma non stasera: c'è Edison a cui badare, c'è l'amico triste, non è solo il tempo della redazione.

Peter annuncia di nuovo l'editoriale di Eisinger perché nessuno ha dato segno di capire. Gli fa male procedere, e si vede: Edison è un suo amico, ma produrre il giornale è il modo più convincente che abbiamo per far tornare Edison a vivere. Ci fidiamo di Peter e si prosegue.

«Ripeti un po'» chiede Josif.

«Ha scritto un pezzo per noi, il maestro Eisinger. Eccolo qua» e sfila un foglio più bello dei nostri. O meglio, il foglio a ben guardare è più brutto dei nostri, perché quelli belli il signor Eisinger li lascia sempre a noi, ma la scrittura è talmente ordinata e precisa da far sembrare bella anche la carta macchiata d'umido.

Eisinger ci parla della verità. Lo fa con le parole che usa sempre di giorno. Ci dice di distinguere tra la verità e la realtà, che non sempre vanno a braccetto e non sempre sono sorelle. Anzi. Ci racconta di come la verità sia nemica della realtà: è come se combattessero, è come se ce l'avessero l'una con l'altra, come se si odiassero. Stridono, fanno scintille. La verità tira dalla parte del cuore, della giustizia, della purezza, mentre la realtà porta dalla parte dei piedi, della concretezza, delle tradizioni... Leggiamo senza fiatare, nella voce di Peter sentiamo la voce del maestro. Di notte, attorno a quella candela, le stesse frasi, gli stessi verbi diventano tutt'altro, si trasformano in una specie di lunga preghiera amichevole che Eisinger rivolge a noi. Siamo noi il dio dell'ebreo Eisinger, i suoi ragazzi della scuola, siamo un dio strano e collettivo, con tante braccia e tante teste, siamo il dio del maestro buono, la sua preghiera è per noi, non è per l'Altissimo ma per i bassissimi, non è per l'Onnipotente ma per i feriti, non è per l'Onnipresente ma per i rinchiusi. Qui, nel ghetto, siamo gli dei.

Rimane in noi una domanda più forte che è più o meno questa: abbiamo a che fare solo con la realtà, ogni giorno. Il nostro tempo è fatto di urla, nostalgie, terrori, solitudine. La verità è che vorremmo altro e qui al buio possiamo vederla bene, la verità che vorremmo. È un desiderio che si materializza solo quando la luce se ne va. Queste tenebre sono la nostra forza e quando scendono tiriamo un sospiro di sollievo. Noi come gli adulti: un altro giorno è passato, siamo qui, siamo vivi, possiamo raccontarlo. Possiamo cedere alla verità lasciandoci andare, come mezzi addormentati, ubriachi o lucidi di cuore, ciascuno ci mette la voglia e l'energia che possiede. Ma non molliamo: sorella Verità ci attende sveglia quando il sole s'abbassa, quando il più fioco lumino si spegne, si lascia guardare solo in quegli attimi. Noi intorno al tavolo della redazione e là fuori la luna a schiarire di poco un mondo che si riposa solo per essere più forte l'indomani, per torturarci e ferirci. Qui una bolla di luce nel male, ci guardiamo negli occhi ridendo per la frase del giorno, leggendo e correggendo racconti e cronache, scegliendo e impaginando disegni. Eccone un altro: c'è un sole gentile, in un angolo, che sembra compatire coi suoi raggi i bambini rossi che giocano al centro.

«Piaciuto, il pezzo di Eisinger?» chiede Peter.

Le bocche serrate ondeggiano per dire sì. Lo ricopia Zdenek mentre io passo in rassegna le pitture.

«Non sono bambini rossi, sono donne. Questo disegno con le donne rosse da chi arriva?», chiedo.

«È di una bambina di sette anni. Lo ha fatto

nell'altra scuola ma lo ha passato a suo fratello, che lo ha passato a me.» Josif ne mostra altri due della stessa autrice.

«Ci sono sei donne vestite di rosso che scendono da una camionetta dei nazisti» dice Embryo.

Lo guardo. Noi sappiamo chi sono e lo possiamo spiegare. Va detto.

«Noi sappiamo chi sono e lo possiamo spiegare» dico. E chiarisco, racconto di un pianto oltre una finestra, di ragazze giovani ebree speranzose di salvarsi passando attraverso le patte dei calzoni dei tedeschi. E di quella col cuore pieno di nulla, perché aspetta un bambino e non sa cosa accadrà.

«La uccidono» dice Zappner, il bambino con la barba.

«La uccidono, sì» conferma Josif.

«Per quello piange. Piange per il suo bimbo che non la vedrà mai.»

«Il pezzo su Ordner chi lo ha fatto?»

«Ci ha pensato Embryo. Ci vorrebbe un disegno di una scultura.»

Josif ce l'ha. Ed è anche molto bello.

«Altro? Novità?»

«Qualcuno dice che toglieranno le ceneri dei morti dalle colombaie.»

«Là sotto, nei cunicoli?»

«Sembra di sì. Ci sarà da spostarle.»

Edison non ha più parlato. Non si è perso uno solo dei nostri pensieri ma di parlare no, non se l'è sentita. È rimasto seduto al suo posto, di spalle alla finestra della luna. Muove un braccio, finalmente, apre la mano che aveva tenuta ferma e chiusa sul tavolo fin dall'inizio e lascia andare sul legno il ticchettio leggero di un piccolo pendaglio, un intrico rosso annodato su se stesso. Lo guardiamo. È una scheggia di corallo.

Peter lo abbraccia. Lo abbracciamo.

«C'era una volta una nave.» È Peter a parlare, ma il racconto era di Jiri.

«Era una nave molto grande, così grande da contenere ogni ebreo dell'intero mondo. Era come la nave di Noè, era come un'arca ma ancora più grande, senza nemmeno un animale. Solo ebrei, gli ebrei della terra emersa, in coppia o da soli, in famiglia, scompagnati o a gruppi. C'era chi era molto religioso, chi no. C'erano rabbini e donne, maestri, ragazzi, persone che nemmeno sapevano d'essere ebree. Ma stavano sulla stessa nave. Era una nave forte e andava per il mare senza pensieri. Dove ci porti, nave? qualcuno chiedeva.»

«A proposito di chiedere, ho una cosa da chiedervi. Scusa, Peter» Embryo ha messo una mano sul tavolo e la muove a destra e a sinistra per disegnare una immaginaria mappa del ghetto. «Pepek mi ha rivelato che attiveranno una camera a gas» dice. Indica un punto appena fuori dal perimetro del ghetto, vicino ai vecchi crematori e alle colombaie sotterranee.

«E cosa sarebbe una camera a gas?» chiede Zdenek.

«Qui nel ghetto non ce ne sono mai state. È una cosa che serve a uccidere le persone» aggiunge Embryo. «Lo ha detto Pepek. Qualcuno sa se è vero?»

«A me sembra strano. Che differenza farebbe, poi?» È Josif a sporgersi.

«Io non ho sentito niente, ma possiamo chiedere in giro. Pepek ha detto altro?»

«Macché, sai come fa. Parla pochissimo, in fretta, e anche sottovoce. Ho capito appena.» Embryo ha tolto il dito dal punto immaginario dove forse sorgerà la camera a gas.

«Indaghiamo, ciascuno cerchi informazioni. Non è una notizia da poco. Mosè te ne ha parlato?» Peter guarda me.

«No» rispondo. «Secondo me è innamorato. Da giorni non dà notizie fresche.»

«D'accordo. Con prudenza, ma chiediamo» conclude Zappner.

Peter continua: «La nave rispondeva sempre parlando di una terra meravigliosa dove il deserto lasciava spazio alla frutta, dove le colline erano piene di case e le case piene di gente in festa, una terra senza odio per nessuno e solo amore per gli ebrei. Perché ci porti laggiù, nave? Chiedeva qualcun altro.

Ma la nave non rispondeva, solo faceva segno di guardare dietro. Oltre la scia tra le onde del mare, oltre l'orizzonte vicino, là in fondo arrivavano lampi e fumo, sentore di bombe, comignoli spettrali, grida. Andiamo via da là, sembrava rispondere la nave. E così faceva.»

Si ferma, non ricordiamo se il racconto sia finito o meno: Peter si ferma, erano parole di Jiri. La redazione per stasera chiude. Torniamo a letto. Giusto il tempo di appoggiare la testa sul cuscino freddo, di ritornare in forma di sacco abbandonato, e sono per la strada con Embryo, Peter e Zdenek.

Camminiamo nella strada buia, le mani appoggiate ai muri delle case di Terezín, strisciamo con le nocche finché non ci fanno male, ma è l'unico modo per procedere spediti dove il nero è l'unico padrone.

«La guardia sarà andata a donne» dice Embryo. Ma lo dice con tristezza e rabbia, come se il nazista fosse a letto con sua sorella.

«Il buio ci ucciderà» dice Zdenek. Non lo capiamo.

«Il buio per ora ci protegge» sussurra Peter. Embryo è già sull'angolo di una casa. Non ci sono guardie a vigilare su quella strada. Si va, si attraversa di fretta, comunque, non si sa mai.

È una notte limpida e senza la luna, il buio è profondissimo. Arriviamo in fondo alla strada dove volevamo arrivare, nel parco, ci nascondiamo tra gli alberi quando la luce del riflettore si accende. Si sentono grida di guardie che urlano parole tedesche, forse intimano a figure sconosciute di uscire allo scoperto deponendo le armi.

Ma noi non abbiamo armi, non siamo sconosciuti a noi stessi e di uscire allo scoperto non se ne parla. Siamo solo quattro amici rannicchiati sotto gli alberi, caduti come certi frutti maturi. Solo chi è maturo può permettersi di cadere, no? Sento con la schiena il tronco, sotto le mani ho quelle castagne matte che usano nel ghetto per fare il pane, però mescolandole ad abbondante segatura, accanto ho la testa di Zdenek.

Embryo è due alberi più in là: coricato a terra, manda segnali con le mani a Peter, che è il più scoperto. Il suo albero è piccolo, deve spostarsi. Lo fa appena la luce si muove, taglia altre fronde e l'amico taglia dalla parte opposta, alza le gambe più che può per non muovere le foglie morte, struscia addosso a un fusto maestoso. Quella è una buona posizione. La luce illumina l'albero di Peter: è lei a urlare, è la luce che ci odia e urla in tedesco di uscire. Ma noi udiamo lei, quella luce accecante che vuole bruciarci. Non ci arrenderemo. Peter scivola a terra e guarda Embryo che lo rassicura con un cenno della mano. Sei a posto, non ti vedono lì.

Il fascio di luce è talmente forte da sembrare solido, una striscia bianca di serpente velenoso. Si muove tra gli alberi, su e giù, s'abbassa a perlustrare i rami secchi, si alza piallando gli angoli delle cortecce e le imperfezioni delle superfici, si ferma brevemente tra i rami, ridiscende. Rallenta. Si stanno convincendo che forse non c'era nessuno.

Ed è allora che le vediamo. Quando possiamo concentrarci sulla geografia intorno a noi, quando possiamo dimenticarci di dove abbiamo messo le spalle, ormai sicuri che siano ben nascoste, è in quel momento che le vediamo. Sono carrozzine da bambini. Bianche, sparpagliate tra gli alberi. Qualcuna è rovesciata ma la maggior parte è in piedi, sulle ruote. Alcune sembrano quasi nuove, hanno i ricami, hanno le coperte, hanno il parasole bianco, sono carrozzine perfette. Belle, perfino.

Zdenek si accorge di averne una a tiro, allunga un braccio, allunga il corpo fino a renderlo stelo di erbaccia selvatica, dilata se stesso e si appiattisce dietro un tronco. La carrozzina è buia e nera, dentro, pare guardarci come ogni cosa nera sembra osservarti, una noce misteriosa mezza aperta di cui ancora non si conosce il gheriglio. Zdenek è coraggioso, vi infila la testa, la ritrae con gli occhi chiusi e si volta verso di noi.

«È vuota» sussurra.

Capitolo tredici

Fuga

Mi sveglio senza aver sognato nulla, o perlomeno non mi ricordo. La bella stagione è cominciata e si può divorziare dalla coperta senza soffrire troppo. Mi alzo e mi lavo e ritorno verso il mio materasso, al piano terra di una colonna di letti che in quel punto raggiunge tre piani, per vestirmi e uscire. Le mie scarpe sono lì sotto, m'inginocchio e le trascino: c'è un ospite. Meglio, un inquilino. Un topo vive nella mia scarpa sinistra e non ne vuole sapere di uscire: l'ho notato intanto che mi infilavo la destra. Eccolo lì, mi guarda, sa che al massimo potrei mangiarmelo per la fame, ma sa anche che non siamo ancora arrivati a tanto. Ha gli occhi di Josif il nostalgico, le ciglia aperte di Hanus il Barone gentile, le palpebre azzurre truccate di quella ragazza destinata ai tedeschi, le pupille della sorella di Jan che bisognerà trovare. Fugge. Solo i topi dei libri ti ascoltano quando parli e ti seguono come cagnolini. Quelli veri fuggono.

Lo rincorro con una scarpa sì e una no, voglio vedere dove va, s'infila sotto un letto ma ne esce subito perché capisce d'essere in un vicolo cieco di stracci e bagagli. Corre verso il muro, io balzo sui letti degli amici per non perderlo d'occhio, s'avvicina a un buco, una fessura sottilissima alla base della finestra, non può entrare lì, non ci passa, è impossibile, e invece ci passa, si sforza appena puntando sul sedere per un'anca che non si gira, si gira, eccolo, mi protendo a guardarlo meglio, anche la coda scompare. Prima guardingo, poi più deciso, m'avvicino con l'occhio al taglio nel muro, il buco s'allarga e diventa cunicolo, s'inabissa nel pavimento e scompare quasi subito, il topo è già lontano. Oppure il cunicolo fa finta e il topo è appena lì, a qualche centimetro fuori dalla luce. Colpisco il muro con un calcio, sento il topo che si muove, fruga, si nasconde dentro il muro un po' più in là. Perduto.

«È fuggito» annuncia Zdenek entrando nella stanza.

«Fuggito, sì. E chi lo prende più?» Lo guardo. È stupito delle mie parole.

«Come lo sai?» mi chiede. Ora sono io quello stupito.

«Lo hai appena visto, il topo.»

«Macché topo. Parlo di Egon.»

«Egon quello della cucina della Hannover?»

«Quello lì. Fuggito. C'è riuscito. Dice Peter che ha approfittato dell'arrivo di un camion di rifornimenti, le guardie si sono distratte e lui è riuscito a nascondersi dietro al camion e poi a fuggire in un campo. Gli hanno sparato, ma era lontano.»

«Da che parte è fuggito?»

«Dicono che sia passato giù verso il fiume, secondo me va a camminare sul greto e risale dal bosco.»

«Ma le guardie come facevano a essere distratte?»

«Leo e Luise della cucina, li hai presenti?»

«Sì, lui non è un pompiere?»

«Il pompiere, giusto. Tanto qui li usano per altro. Hanno acceso male il fuoco sotto il fornello apposta. La fiamma ha bruciato una tenda lì accanto e un mucchio di stracci, ha preso fuoco la finestra.»

«Il pompiere sa come comandare al fuoco.»

«Appunto. Nel fumo le due guardie naziste si sono distratte. Egon stava scaricando il camioncino e si trovava accanto a un portone d'uscita. Gli è bastato un minuto per fuggire.»

«Incredibile. Vuoi vedere che uno ce l'ha fatta? Ma l'avevano pensata per tempo.»

«Non si sa, forse è stato un caso. Speriamo che i

nazisti credano alla storia della fatalità, altrimenti Leo e Luise saranno denunciati come complici.»

Guardo il cunicolo del topo. Quale differenza ci sia tra lui e Egon, in queste ore, è presto detto. Il topo rischia molto di meno.

«La frase del giorno sarà "Al fuoco!", non pensi?» aggiunge Zdenek.

«Speriamo. Lo spero proprio.»

Usciamo. Camminiamo per una strada di Terezín, costeggiamo la piazza chiusa da grandi palizzate. Le scritte sulle pareti di legno parlano chiaro: agli ebrei non è permesso frequentare il giardino al centro della piazza, possono solo i nazisti, gli ufficiali, qualcuno pieno di mostrine in visita, qualche parente dei tedeschi. Ma di ebrei non se ne vedono e non se ne parla.

Più in là c'è la caserma degli olandesi, ma molti sono sistemati anche dietro la Amburgo: la loro lingua è talmente diversa dalla nostra che non comprendiamo nulla, non riusciamo ad avere rapporti, a organizzarci. Più in là ancora caserme di vecchi. Giriamo a sinistra. Oggi ci sono le prove del concerto e vorremmo passare a vederle.

Il teatro, quello che noi chiamiamo teatro, è un salone al secondo piano di un vecchio dormitorio delle guarnigioni, la L410 secondo la numerazione nazista, la caserma dove dormono le ragazze della nostra età. Ne incrociamo tante nei corridoi e sulle scale: hanno la nostra stessa faccia con le bocche da donna, hanno il nostro sguardo con gli occhi da donna. Si riuniscono nel loro edificio i gruppi di adulti, sono quelli che vengono costretti a lavorare nei campi, nel fossato sotto i bastioni, devono scavare e zappare. Alcuni lavorano nelle falegnamerie qui intorno, escono scortati dalle guardie e fanno ritorno sempre più stanchi, alcuni per un'impresa che produce fili, cose elettriche, lampadine. È il caso di Edison. La sera molti di loro si riposano ma alcuni preferiscono dedicarsi ad altro. Alla pittura, per esempio: ci sono pittori e anche tanti musicisti che vengono qui per le prove, alcuni arrivano da Vienna, da Berlino, da Monaco. E poi ci sono quelli di Praga, naturale. Se parlano non si capiscono: ma quando aprono gli spartiti sentono subito di essere connazionali, fratelli riunificati.

Stanno preparando un nuovo concerto. L'agente segreto Mosè diceva che avrebbero suonato pezzi classici ma anche composizioni nuove, scritte a Terezín da due o tre compositori boemi. Sembra sia vero. Le guardie non fanno caso a noi, sbuffano vapore e rimangono sui marciapiedi. Non incrociamo i loro occhi perché potremmo fargli venire in mente che la strada è tutta da spalare e noi ebrei siamo perfetti per questo compito. Entriamo.

Alle prove ci si diverte sempre, guardiamo i costumi mentre li provano, qualcuno sbaglia battuta, qualcun altro accorda la viola o corregge uno spartito o si rifà il trucco. I musicisti hanno l'aria di chi è scappato di casa ma poi si è pentito sul più bello: fuori di qui erano poveri, ma nel ghetto chi se ne accorge più? Alcuni di loro sono eccezionali e vederli all'opera è uno spettacolo prima dello spettacolo. Il concerto sarà domani sera.

In un angolo sono riuniti alcuni adulti.

«Sono gli anziani ebrei. È una parte dello Judenrat, il Consiglio del ghetto» dice Zdenek. C'è anche il rabbino. Discutono. E discutono ancora. Hanno la faccia seria di chi non aveva altro posto dove discutere.

«Nell'elenco c'è anche Ordner» aggiunge uno più nero facendo seguito a un discorso che non abbiamo sentito.

«Sì, purtroppo. Ricordi il nome?» chiede un altro.

«Bertrand» risponde un altro tra il vociare dei violini.

«No, Berthold.»

«Ma è un artista.»

«Non si poteva fare diversamente.»

Nell'ombra vedo che uno di loro tiene in mano un foglio, lo consulta sudando. Si accorgono che li sbirciamo. Si spostano in un'altra stanza.

«Ma non abbiamo un posto tranquillo dove metterci?» si spazientisce il rabbino. Escono.

«Cosa facevano?» chiedo a Zdenek.

«Elenchi, elenchi di nomi. Alla caserma Magdeburgo i nazisti perquisiscono le stanze e lo Judenrat non sa dove mettersi: hanno sempre fretta perché i nazi gli stanno sul collo, c'è una confusione smisurata. Dice Edison che i nazisti chiedono elenchi in continuazione al Consiglio. Sono i nomi di chi parte.»

«Dove vanno si sa.»

«Dove vanno a finire si sa, ma non è poi così sicuro. E prima erano solo i vecchi o i malati. Ma mesi fa si sono messi a portare via anche gli adulti, persone che lavorano.»

«Li hanno caricati sui treni perché arrivava altra gente pochi giorni dopo? Ricordi gli austriaci scesi mentre tempestava? Non so se gli adulti li hanno spediti ai campi. Forse gli servivano da altre parti.»

«Così il Consiglio scrive elenchi di uomini e donne, ora.»

«Nell'elenco c'è Berthold, l'hai sentito?»

«Sentito. Chissà se lo sa.»

Alla fine delle prove lascio gli amici tornare da soli alla camerata, ho un desiderio da esaudire e vorrei farlo da solo. Anzi, se potessi non lo farei nemmeno da solo ma dentro di me so che è meglio. Scendo le scale della caserma e risalgo la strada verso la Dresda, dove dormono le donne. I morti per fame e la folla per la via non mi incuriosiscono più da tempo, sono indifferente, i grigi mi inducono pietà ma niente di più: arrivo all'ingresso e chiedo di lei, della donna che cerco. Non ne conosco il nome ma so come descriverla, è la sorella di Jan. Entro, le prime due signore che incontro non sanno nulla ma una terza mi dà un indizio che mi porta da una quarta che gesticolando mi addita la stanza giusta. Quando vedo la donna di spalle guardare fuori dalla finestra, conscia che mai più suo fratello passerà là sotto, ho un soprassalto e stringo i denti. È la donna del mio sogno.

Si volta, mi guarda, ha lo stesso sguardo dolce e disperato dei miei incubi, delle urla sui bastioni, ma tace, ha il ventre gonfio, ospita un bambino. La signora gentile me l'ha indicata di nuovo e lei si è voltata, ora s'avvicina senza gridare, mi chiede chi sono e perché la cerco. Avevo preparato tante parole e dopo tanto tempo dovrei essere ormai bravo a usarle ma niente, dalla mia bocca sbucano solo respiri. Mi prende per le spalle, ha lunghi capelli neri sottili come il suo corpo e gli occhi magri e il collo di carta velina.

L'avevo piegato per bene per portarlo a lei: da una tasca dei pantaloni tiro fuori il disegno del bambino che racconta la morte di Jan. C'è suo fratello colorato, ucciso da un colpo rosso di pastello. Glielo passo ancora chiuso e la donna lo afferra con la mano che prima teneva sul bambino nella pancia e capisce e singhiozza sorridendo come solo certi adulti riescono a fare. Stringe al petto il disegno e mi ringrazia, chiede il mio nome. Io le chiedo il suo.

«Nina. Ma le donne qui mi chiamano Luna. Puoi chiamarmi Luna anche tu.»

«Luna, che bel nome.» Finalmente parlo.

«È per la finestra, per il tempo che passo al davanzale anche la notte.»

«Anche noi della redazione facciamo così, il mio amico Embryo non si chiama Embryo per davvero. Ci cambiamo i nomi per gioco e per proteggerci. Ma su un altro davanzale. E raccontiamo alla luna, le facciamo delle domande.»

Non so da dove mi vengano queste parole, non erano quelle che m'ero preparato ma sembra che vadano bene. È ora di tornare. La lascio nella sua stanza, nel suo vestito leggero, nella sua finestra di speranze. Quella luna ora è lei: con le dita della mano che usa per salutarmi accompagna via una lacrima dalla guancia sinistra.

Rincasando non mi accorgo di Egon, del suo corpo là in fondo, là in alto, appeso. Del suo corpo con un cartello attaccato con la scritta a pennello in tedesco. Non lo vedo da lontano, legato stretto con la corda intorno al collo e lasciato a dondolare come un'altalena accanto agli alloggi delle SS, non riesco nemmeno a leggere la scritta che dice che aveva provato a scappare ma aveva una smisurata nostalgia del ghetto. Non lo vedo, sono troppo lontano e voglio credere fino in fondo, almeno per stanotte, che da qui si possa anche fuggire, volare via senza passare per le corde appese, che si possa nascondersi abbastanza per non farsi scovare da nessuno e rimanere vivi finché tutto non sarà finito, con la guerra e il dolore alle spalle ci risveglieremo come da un brutto sogno e nessuno rimarrà più appeso, nessuno picchiato, nessuno ferito, da pallottole bucato, umiliato. Non vedo il corpo di Egon che dondola laggiù nel vento, non vedo i suoi occhi che non guardano più e le sue mani trafitte e abbandonate. Non vedo i tagli sulle sue braccia, non vedo le orecchie che celano ancora l'eco delle grida di chi voleva fargli rivelare i nomi dei complici, ma Egon ha fatto tutto da solo, logico, ha fatto tutto da solo, glielo giuro. Non l'ho visto, semplicemente, ritorno dagli altri sereno: potrò raccontare che Egon ce l'ha fatta, che è già lontano, che sta prendendo un caffè a Parigi, che è su una barchina piena di fiori con una bella ragazza e canta canzoni allegre remando molto lentamente, così gli altri dormiranno sereni, stanotte, almeno stanotte, e avranno in mente quella libertà che Egon ha raggiunto e che è lì, vicinissima, quella libertà attraente e meravigliosa che io ora non riesco nemmeno a immaginare.

Capitolo quattordici

Concerto

Sono a teatro, il teatro è pieno di maschere e tra le maschere molte sono maschere da nazisti e tra le maschere c'è anche un signore piccolino con una parrucca bianca vestito di verde e giallo, sembra un uccello tropicale e si chiama Wolfgang Amadeus. Dirige un'orchestra gigantesca che occupa l'intero palco: gli orchestrali sono così tanti da doversi trafiggere le pance con gli archetti e schiacciarsi a vicenda con i leggii, urtandosi coi gomiti, spintonandosi, offendendosi, sedendosi gli uni sugli altri pur di partecipare e prendendosi a male parole finché Wolfgang Amadeus non urla di incominciare. Suonano ed è una musica strampalata che più che lo spartito segue la luna per traverso. Wolfgang Amadeus si diverte ma anche s'infuria e si aizza, li zittisce, ricominciano ma è molto peggio. Sta per dire che non ne può più ma è a quel punto che arriva l'acqua. Spalanca le porte del teatro e corre giù dagli scalini, invade le file della platea, filtra dalle quinte, gonfia i palchetti e i loggioni, la gente si alza, crede in un disguido ma in un attimo s'accorge che il guaio è serio e prende a fuggire, ad arrampicarsi sugli attaccapanni, dalle gallerie qualcuno si tuffa, non c'è da farsi male se sotto c'è acqua, l'orchestra suona senza badare a quel che accade al teatro mentre l'acqua comincia a sciabordare oltre il parapetto dei palchi e dei loggioni e scende a cascata sulla platea colando come in una foresta, l'orchestra suona, i nazisti vengono travolti selettivamente come gli egiziani nel Mar Rosso e puniti selettivamente per le loro colpe e come se fossero gli unici a non saper nuotare rimangono sotto senza speranza, nessuno li aiuta a risollevarsi dalle onde che si infrangono nel golfo mistico.

Finché si divarica cigolando la porta principale della platea e con un boato di stupore del pubblico a mollo fa la sua comparsa improvvisa il mostro delle fogne. Inghiotte l'unico nazi che era riuscito a cavarsela tra i flutti e con uno stivale dalla croce uncinata che ancora gli penzola fuori dalla bocca punta verso l'orchestra nuotando in stile olimpionico. Wolfgang Amadeus si volta verso il mostro e lo guarda ammirato mentre quello ingoia un contrabbassista e deglutisce due soprani sgocciolando sul palco.

«Tutto questo un giorno sarà elettrico, ma adesso lasciaci suonare» gli chiede con garbo.

Ripenso a come mi sono svegliato questa mattina, non ho compreso la frase di Wolfgang Amadeus ma mi fido, i pensieri non possono sempre andare d'accordo con la ragione. Ho sperato che questa giornata passasse in fretta e così è stato, sopraggiunge l'imbrunire ma non è tardi per lo spettacolo.

Il teatro stasera è pieno di gente. Stavolta sono sveglio ma fatico sempre più a capire dove cominciano i sogni e dove finiscono i miei desideri, cosa è la verità del ghetto e cosa vogliono farmi credere i nazisti.

Ci sono anche loro a teatro, naturale, ma la sala è talmente zeppa di ebrei da farci sentire a casa anche se non lo siamo. Il gruppo della redazione è riunito in un angolo, abbiamo i foglietti per gli appunti, abbiamo posti a sedere per noi, ce li ha tenuti Hanus che stasera recita in *Brundibar*. È la storia del fratello Pepicek e della sorella Aninka che devono salvare la madre malata e non si capisce perché il titolo sia il nome del cattivo, quello che ruba i soldi ai piccolini. Veramente lo hanno già fatto trentaquattro volte, questo spettacolo di canzoni e parti recitate, e sono in programma altre date. Però è così bello che non possiamo mai mancare.

Le lampadine lungo le pareti sono più grandi del normale: il filamento imprigionato nel vetro è bianco d'incandescenza e mi brucia gli occhi se provo a guardarlo; poi si spegne lentamente, s'abbassa il suo calore che diventa luce e luce sempre più calda, attutita, fioca, senza violenza ci entra nelle pupille lasciando alla fine spazio per il buio. Si comincia, la musica ci allontana coi cuori e ci rende splendenti.

Mentre il gufo dorme e sogna
noi suoniamo la zampogna
se la mamma s'è ammalata
per comprarle la pomata
noi cantiamo tutti in coro
l'amicizia vale oro
e percui siccome quindi
guadagniamo tanti dindi.
Solo questa è la tua sorte
se il tuo braccio non è forte
anche altri son con te
si fa meglio se si è in tre.
Brundibar è prepotente
ma noi siamo tanta gente.

Nell'intervallo esco in corridoio, dove una fila di finestre apre un intero lato dei muri sul mondo esterno, mi appoggio al davanzale più lontano dal teatro così da rimanere solo e appartato finché non passa Vera, fuggita dalle amiche.

La stavo aspettando.

«Ti aspettavo» le dico.

«Sei carino. Ti piace *Brundibar*?» Annuisco e lei si accomoda come me, appoggiandosi e rilassando la schiena. Ci giriamo e coi nasi davanti al vetro guardiamo fuori, la strada e le case e le caserme e i tetti rossi di Terezín senza la luna e senza le stelle. Le stelle sono rimaste sempre ferme ma a noi due gli ultimi mesi hanno fatto un gran bene, lo dimostrano le nostre braccia che si toccano senza imbarazzo o senza farci arrossire. Siamo vicini e incrociamo una gamba mia nella sua, e se il ginocchio potesse parlare canterebbe canzoni d'amore.

Non stacchiamo lo sguardo dalle stelle ma nel vetro irraggiato di luce vedo il riflesso della faccia di Vera, translucida nel firmamento. Gli astri le punteggiano i capelli e le guance. Anche lei non guarda i miei occhi apertamente ma osserva quelli nel riflesso.

Nei momenti dell'abbandono come questo, nel tempo del davanzale e dell'incrocio di piedi non occorre parlare ma basta unire i puntini di luce sopra le nostre teste per leggere le parole che vogliamo dirci, che ci indirizziamo via stelle riverberate. Sono i nostri preziosi attimi taciturni.

«Mi coricherei in un prato.»

«E poi scriveresti quello che senti, ti conosco» mi sorride.

«Tu lo faresti, ti coricheresti?»

«Con te, sì.»

«Scrivere per *Vedem* mi piace. Dopo di te è la cosa più bella, qui.»

«Pensavo che ti piacesse di più passare il tuo tempo con Embryo e quell'altro, come si chiama quel bimbo con la barba?»

Rido: «Zappner.»

«Zappner» ripete.

«No, ci sono cose che faccio senza che nessuno mi obblighi. La redazione sta in piedi perché lo desideriamo. Anche questi momenti, qui sul davanzale, esistono perché li desidero.»

«Anch'io. Ma tu hai paura di qualcosa.»

«Ho paura che in futuro, fuori da qui, mi toccherà fare altro. Sarò costretto a seguire più i doveri dei desideri.»

Vera resta in silenzio. Lo so che fa così perché sta pensando a cosa dirmi, non vuole sprecare il fiato in consigli e una riflessione è sempre meglio di una parola a vanvera. Si risolve.

«Se dovrai fare altro, farai altro. Ma se vorrai fare te stesso, non potrai fare un altro.»

Le accarezzo la schiena, lei emette un sospiro angelico e s'appoggia con la fronte sulla mia spalla per un tempo sottilissimo. So che capirò un po' per volta la sua frase, quello che mi ha detto: di noi due, la persona saggia è sicuramente lei.

Suona un campanellino che annuncia il secondo atto. Rientriamo nel teatro con un buonanotte sulle labbra, lo spettacolo prosegue ed è all'altezza della quarta scena che Zdenek viene a chiamarmi.

«Esci, vieni di là. Passa la voce a Josif e a Zappner.»

Josif e Zappner sono seduti accanto a me, ma più in là nella fila. Devo sussurrare per non disturbare.

«Zdenek dice di uscire.» Si va. Fingo di dovermi spostare perché sto poco bene e gli altri due mi seguono fingendo di aiutarmi.

Usciamo zitti nel corridoio laterale e da lì raggiungiamo una stanzetta scura. Zdenek procede spedito. Appena entrati, la musica si affievolisce di colpo e il buio ci annacqua gli occhi fino a renderli ciechi. Poi le pupille hanno la meglio, cominciano ad abituarsi e finalmente vediamo qualche contorno, una finestra e scarse luci che trapassano i vetri, sentiamo voci giù in strada e qualche persona davanti alle tende della finestra. Vedo meglio: ne hanno tirata una di poco, qualche centimetro appena, per sbirciare fuori.

Contro il vetro ci sono Edison e Peter, Embryo è schiena al muro, seduto per terra.

«Cosa succede?» bisbiglio.
«Deportano.»

Peter risponde senza perdere di vista quel che accade in strada. Siamo al secondo piano, abbiamo una visuale perfetta e la sua risposta mi fa sentire che ogni cosa, ogni minuto sta finendo, anche noi stiamo finendo, sento una mano che mi stringe un polmone così forte da non lasciarmi respirare.

«Chi, stavolta?» chiedo.

«Tutti.»

«Hanno finito i vecchi. Deportano gli uomini e le donne: guarda come sono giovani.»

M'avvicino alla finestra anch'io. Edison si sposta, ha già visto abbastanza e non fa che ripensare ai suoi genitori, già scomparsi nei treni. Una fila di persone mute cammina per strada. Camminano come noi siamo usciti da teatro nella pausa, lentamente, senza disturbare. Due file di soldati nazisti armati curano che gli ordini vengano rispettati per bene, formano una strada nella strada. In fondo, poco più in là, i binari della ferrovia arrivano fin tra le case del ghetto. Da qui si vede il primo vagone, è un vagone merci, come gli altri, ha una svastica e una lucina. Qualcuno tra quegli uomini sorregge le donne, altri si guardano in giro disperati ma le finestre sono tutte mute. Le case di fronte sono mezze diroccate, qui c'è il teatro, più in là c'è qualche SS di rinforzo che cammina. Li deportano di notte, così c'è meno gente di cui avere nostalgia e da salutare. L'acqua rimasta sulla strada genera riflessi di latte intorno alle gambe.

«Quanti saranno?» chiedo.

«Non li abbiamo presi dall'inizio. Da quando guardiamo noi ne saranno passati trecento» risponde Edison.

«Forse quattrocento. Più gli altri passati prima. Più quelli che arrivano adesso. Non vedo la fine della fila.» Peter è così attaccato al vetro da confondersi con la finestra.

«Cosa facciamo?»

«E cosa vuoi fare? Cosa vuoi fare? Scendere in strada e sparare ai tedeschi? Li uccidi con queste mani?» Embryo ha per un attimo alzato la voce, Peter si volta per fargli segno di zittirsi e s'accorge come me che il nostro amico, seduto per terra, singhiozza. Gratta il pavimento di legno con le mani, sulle guance ha lunghe strisce luccicanti che gli precipitano fin sul mento. La sua bocca è tra due parentesi bianche.

Parla ancora, singhiozzando: «Mi dite dove li portano?» Poi aggiunge: «Verranno anche da noi, prima o poi.»

«Ma no, Embryo, siamo ragazzi, noi. Ci hanno lasciati stare.»

«E Jiri, quello come lo chiami? Lasciarci stare?»

Peter è silenzioso. Sa che Embryo ha ragione: inutile contraddirlo. Inutile anche dare valore a quello che dice, perché abbatterci prima che ci abbattano può farci solo male.

«Restiamo lucidi» dice Peter. Poi guarda me: «Dicevate che nella lista c'era anche Berthold, lo scultore?»

«Abbiamo sentito così» rispondo.

«Io non l'ho visto passare. I tedeschi hanno fatto di testa loro? Non hanno seguito la lista?»

«Forse era tra i primi e non l'abbiamo visto.»

«All'inizio ce n'erano molti delle stanze della Kavalìr, sembrava che li avessero presi solo dalla caserma dei matti. Ma Berthold no.» Edison è sicuro.

«Sono i grigi, sono giovani e adulti. E le donne, e anche i prossimi. Ma non gli servivano per lavorare?» Embryo rimane ancora a terra.

«A volte c'è un vagone che rimane vuoto. O dalla Germania ne hanno mandato uno in più. Così i nazi prendono altra gente e la caricano finché ce ne sta» Peter scosta meglio la tenda.

«Non farti vedere» sussurro.

«Ricordi quello delle sigarette che hanno ucciso sotto la nostra finestra?»

«Ricordo. Jan, si chiamava.»

«A lui hanno deportato la famiglia così, al volo. Succede. Forse è successo anche stavolta.»

«Non hanno il bagaglio. Ecco cosa mancava, hai ragione, Edison.» Peter si volta. «Molti non hanno il bagaglio o hanno poca roba, li portano via in fretta.»

«Perché non reagiscono?», chiede Embryo.

Ma lo chiede al muro, lo sappiamo bene che non si può reagire, che se lo fai sei morto all'istante, che tanto vale provare a vivere ancora un po', vedere come va a finire. E quando un nazi ti si avvicina sei così pieno di terrore da non riuscire nemmeno ad aprire la bocca, a volte nemmeno ad aprire gli occhi, figuriamoci reagire. E fare cosa, poi? Spararagli con cosa, fuggire verso chi, nascondersi dove?

Siamo in sette nella stanza, siamo al completo e nessuno fiata più. La fila di gente che passa sotto la nostra finestra non sembra finire ancora. Peter contro il vetro non si perde nemmeno un volto, nemmeno uno sguardo, come se salutasse ciascuno nella mente.

«C'è Martinka, la mamma di Erik» ricomincia. Continua: «C'è Luboš, quello che lavora con te.» Guarda Edison. Edison non si muove dal buio del muro. Fa segno con la testa di aver capito. Ha gli occhi rossi, lo intuiamo perché solo una luce bassissima e bianca entra dalla finestra e illumina una striscia del volto di Peter, il resto è vibrazione riflessa.

«C'è Adámek, che suona la chitarra.

«C'è il vecchio Michal, quell'ubriacone che raccontava di essere un eroe di guerra. Gli avevamo dedicato una rubrica.

«C'è Sára, quella che fa da mangiare, ricordate la carpa?» continua Peter.

«C'è Karel dell'officina, che aveva sistemato in segreto la nostra macchina per scrivere quando s'inceppava sempre.

«C'è Leo delle cucine, che ha aiutato Egon a fuggire. A provare a fuggire.

«C'è anche il panettiere, come si chiama?»

«Oldrich» dice Edison.

«C'è Helga dell'infermeria.

«C'è Jakob quello antipatico.

«C'è Hana con sua sorella Eva, c'è la piccola Karen.»

Mi chiama alla finestra e rimango senza fiato perché quello che cammina zoppicando laggiù è l'agente segreto Mosè.

«Non gli ho mai chiesto come si chiama per davvero» balbetto.

Avanza come procedono i patriarchi, pur zoppicando, come se conducesse lui stesso per primo il popolo verso una specie di Terra Promessa. Mosè nostro padre non ci arrivò mai, non ci arrivò vivo. Chissà quale fine farà il nostro agente segreto. Da sopra sembra un pulcino destinato a essere sbranato. Stringo la tenda con un pugno, come se stringessi la mano di Mosè per salutarlo l'ultima volta e gli dicessi che mi mancherà, che mi manca già, che in fondo era un amico, è un amico, stai attento, non fare follie, stai lontano dai pericoli, salvati, curati e salvati se puoi. Addio. Scompare nel mucchio che avanza.

«Questi non li conosco, mai visti.»

«Sono i danesi?»

«Forse sì. No, olandesi.»

Il tempo passa e la processione non finisce.

«Hanno preso tutta la caserma delle danesi, quella con il foulard rosso la riconosco, ci aveva portato dei vestiti una volta. Erano dei suoi bambini che non trovava più. Come si chiama?»

«E chi si ricorda? Ma suo figlio aveva la mia taglia. Ho una camicia sua» dice Zappner.

«Hanno preso quelle del dormitorio accanto alla Magdeburgo. E anche i vecchi arrivati dieci giorni fa, li portano via coi matti.»

«Tanto qui cosa se ne fanno? Nemmeno lavorano» dice Edison.

«C'è Paul il pittore.»

«Ma le scenografie per lo spettacolo erano sue» dice Embryo.

«Ha la valigia, sapeva del suo turno. Forse ne era conscio anche quando è andato in scena lo spettacolo. Ci resteranno le sue scenografie.»

«C'è tutto un popolo lì sotto, che se ne va» sussurra Peter.

Lo guardiamo, guardiamo quella gente ebrea riflessa nelle sue pupille. Stanno passando gli ultimi. Anche questi hanno sacche e borse, anche questi sapevano di partire.

«C'è tutto un popolo che se ne va» ripeto a voce più alta.

Ed è in quel momento, mentre sono alla finestra con Peter nella stanza buia, che vedo mio padre giù per la strada, nella folla dei deportati c'è anche lui, grigio e ingrigito. Cammina stanco, senza voltarsi indietro, ha la barba cinerea e un vestito che mai gli avevo visto addosso, incede accanto a una donna che non conosco, che non ho conosciuto prima. Si tengono la mano e avanzano con gli altri, hanno un bagaglio leggerissimo.

Non mi ha mai cercato da quando siamo qui, non ha chiesto di me, non mi ha mandato messaggi o rincuorato o sorretto o portato una mela in regalo, nulla. Nel ghetto essere soli è anche più duro. L'ho intravisto da lontano solo tre volte, in questi molti mesi. Ero sempre affacciato a una finestra e lui sotto a fare dell'altro, a incontrare persone, a pensare a tutto fuorché a suo figlio, il suo unico figlio, nemmeno si voltava a guardarmi, neanche ci provava. Forse perché sono il figlio di un padre che non è lui e che se n'è andato ben prima che lui conoscesse la mamma. Nemmeno era ebrea.

A chiamarlo chissà se si volterebbero, chissà se avremmo qualcosa da raccontarci, anche solo per un minuto: non lo faccio, resto muto nel cuore e provo solo una grande pietà, adesso, per un tesoro che ho sempre inseguito fino a scoprire con amarezza che il forziere era vuoto.

«È mio padre, quello» e mentre parlo a Peter capisco che nel ghetto di Terezín sono passati per me ben più di due anni, sono un uomo, sono distaccato, sono io mio padre: bastava sporgersi dalla finestra giusta e pronunciare quelle parole magiche per andare avanti nel tempo, in un tempo che chissà se vedrò mai.

Riesco appena a voltarmi e a nascondermi in corridoio e poi in un angolo scuro e a inginocchiarmi contro il muro e ad appoggiare le mani a terra per non scoppiare a piangere come un bambino davanti ai miei amici più cari ma farlo qui, solo e coperto. Da dentro arrivano le ultime parole del malvagio Brundibar.

Se tu prendi come un vanto
d'aver vinto col tuo canto
con il gufo, il cane e il gatto
io ti dico che sei matto.

Non m'importa del popolo che se ne va.

Gente buona sai ce n'è
come Aninka o Pepicek
ma del male son campione
sono buio, non lampione.
Vado e vengo senza sosta
chi mi chiama ha una risposta:
porto guerra ed avversione
prepotenza e repulsione.
Farò ancora disperar:
baci e abbracci, Brundibar.

Non m'importa del popolo che se ne va.

Non m'importa, m'importa solo di mio padre, m'importa solo di lui.

Capitolo quindici

Lo sterminio in un guscio di noce

E sia il buio di nuovo. Quel che accade in un paese qualunque o in una casa qualsiasi, il buio della natura che scende sulla terra, qui a Terezín diventa importante. Terezín ti fa intuire che non c'è niente di banale in una vita banale, ti porta davanti agli occhi il tempo che hai e ti mostra cosa vuol dire essere prigioniero, perdere la libertà.

Prima ancora, noi ebrei avevamo perso il cuore. Ci hanno picchiati tanto a Praga da renderlo quasi inutilizzabile. Ci hanno malmenati dentro. Molti anche fuori, certo. Ma noi, anche da bambini, siamo stati maltrattati sotto le costole, dove ci batte il cuore. Ci hanno stancato a furia di parole e di manifesti, non ci hanno mai abbandonato con il loro astio, i nazisti ci hanno fatto compagnia nel male e certi praghesi non sono stati da meno. Con la nostra stella gialla sul braccio ci siamo sentiti segnati, indicati, disprezzati.

Qui a Terezín ci guardiamo e non parliamo quasi mai di cosa accadeva in città. Ricordiamo solo le facce migliori di quei giorni: una casa, per chi di noi l'aveva, i nostri genitori, gli amici, i giochi, le strade dove correre, il parco, il fiume. Ricordiamo le cose più calde, buone, un pezzo di legno che diventa giocattolo, una minestra che t'aspetta alla sera, un libro, un dolce. Non parliamo mai della tenebra che ci avvolse, perché fu uguale per ciascuno. Mentre le cose belle, quelle, erano le più diverse possibile, distanti nel gusto e nel colore e nei modi. Nonostante siamo ebrei, nonostante ognuno di noi abitasse non troppo lontano dagli altri, le bellezze ci rendono unici, mentre questo terrore ci rende solo e soltanto tristemente uguali.

Ci lasciano un po' più sciolti, qui nel ghetto. Dicono che è per il nostro bene: non capiamo perché. Così qualcuno sta provando a sentirsi libero anche a Terezín. C'è chi suona il violoncello e il violino, c'è chi dipinge e scolpisce, ce n'era perfino uno cieco che faceva lo scultore. C'è chi canta e chi recita, chi compone musica e chi scrive le parole per la musica o le poesie o racconti da ridere. C'è chi cuce i costumi per il teatro. Cuce i costumi: siamo qui senza nulla, siamo magri come non ci siamo mai visti, non abbiamo vestiti nuovi se non quelli che possedevamo al nostro arrivo, ogni giorno più logori, ma qualcuno cuce insieme stracci e abiti vecchi per imbastire costumi di scena. Tenersi vivi è un'arte.

Anche noi ragazzi ci siamo messi in testa di raccontare ogni cosa con il giornale. *Vedem* è un imbuto che sgocciola le voci del ghetto: quel che rimane sono racconti e articoli, disegni, pagine d'inchiostro. A volte una poesia, un pensiero veloce.

È illegale, ovvio. Qualsiasi cosa possa turbare l'ordine dei nazisti lo è, figuriamoci raccontare degli spari per strada, delle urla che vengono dalla cantina della polizia militare, le grida dei torturati, rivelare il dolore. Qualcuno dice che rischiamo la morte. Qualcun altro pensa che i nazisti non si prendano la briga di sorvegliare un gruppetto di mocciosi innocui. Ma io preferisco credere alla prima diceria.

Ci accorgiamo che le nostre parole fanno bene perché i ragazzi come noi ci fermano per la strada e ci incoraggiano, discutono, ci contraddicono, portano notizie fresche. Molti di loro scrivono, un po' a scuola e un po' per conto proprio, così ogni settimana è più fitto il materiale da leggere e controllare, molto più ricco di quanto si deve produrre per chiudere il giornale. Ogni volta sono sorprese. Gli altri ragazzi hanno fiducia in noi e credono in *Vedem*. Forse non quanto ci crede Peter, che è il nostro editore e certe settimane arriva perfino a pagarci per quello che scriviamo. Una volta si presentò con della verdura. Un'altra con delle coperte e una volta perfino con un fondo di minestra che sapeva di spezzatino. Lo mangiammo freddo e in fretta e felici, ma ci sentimmo invitati a una festa che non ci sembrava di meritare.

Questa terra sulla quale siamo nati non è altro che un guscio di noce. Quando cammini in una strada di campagna puoi distinguere la natura degli alberi che costeggiano il tuo cammino semplicemente osservando i frutti o le foglie cadute ai tuoi piedi. Ciliegi? Segni rossi scuri, neri e appiccicosi, nocciolini, bucce sfilettate. Querce? Ghiande scapocchiate e disperse, lisce, dure. Fichi? Costellazioni di esplosioni verdi dal cuore color del rame, viene ancora voglia di mangiarli anche se sono caduti da giorni. Noci? Gusci sbriciolati dai carri di passaggio, calpestati dai cavalli e dai buoi in malo modo, che rivelano l'interno rugoso, nervoso. Anneriscono in fretta.

Noi siamo in quella noce. Tutto qui è minuscolo rispetto al mondo ma a Terezín non manca nulla, nulla di quanto c'è là fuori. Tolte la libertà e la vita, ovvio. C'è una piazza dove non possiamo andare, ci sono strade proibite e leggi che continuano a cambiare, ora una cosa si può fare e domani ti uccideranno perché l'hai fatta. Che differenza passa tra noi e il mondo, oggi? Ci sono i nazisti che comandano e ci impongono perfino di essere felici: dicono che tra poco faranno un film su come si sta bene a Terezín, dicono che siamo fortunati, che a noi è andata bene. C'è sempre qualcuno che ti mette un piede sul collo e ti spiega che sei fortunato, che in fondo stai bene e che puoi star sereno. Che differenza passa tra noi e il mondo, oggi? C'è il giornale che noi scriviamo, che è poca cosa ma racconta al ghetto quello che accade, ci sono le nostre parole fragili contro i fucili: che differenza c'è?

E ora che siamo davanti alla casa dei matti possiamo solo immaginare il volo che ha fatto Berthold dal terzo piano fino a qui, sulla strada. È coricato, ha le braccia aperte come avesse voluto volare. Ricordo la sua storia, di quell'uomo senza la barba a cui spuntano le ali. Gli spuntano le ali sulla schiena. Se le taglia, e non è poi molto doloroso. Ma si sbaglia. Si ritrova le ali ancora sulla schiena. Stavolta le ha lasciate crescere un dito di più: il moncherino ritorna, esce dalla schiena dell'uomo, si sposta, cresce, s'allarga e lascia andare altri moncherini, una membrana e piumette leggerissime che diventano piume e altre ancora, e penne, e penne più larghe, larghissime e belle, bianche e grigie come quelle dei gabbiani. Un bel mattino l'uomo ha le ali, apre la finestra e volando se ne va.

Così, Berthold, te ne sei andato anche tu. Hai

aperto la finestra e hai preso sul serio la tua storia fino in fondo. Il tuo corpo è qui in strada: ma tu dove sei? Cosa stai guardando adesso? Chi ti prepara l'argilla per le sculture?

E sia il buio. Dov'è finita la famiglia di Edison che ogni giorno il nostro amico cerca nei pensieri? Dove sono i fratelli di Josif, colpiti e condotti così lontani, in luoghi impenetrabili da non farlo mangiare per giorni e giorni e poi da farsi imboccare controvoglia? Dov'è la sorella di Zdenek, e il bambino che porta nella pancia? Dov'è il padre di Zappner, partito salutando da un buco del vagone con una promessa di arrivederci che non potrà mai onorare? Dov'è mio padre, e mia madre, dove sono andati? Dov'è una luce abbastanza forte da tagliare queste tenebre?

Il guscio di noce si chiude sopra di noi, soffocandoci. Su Jiri si è chiuso e il suo spirito di ragazzo ebreo è scritto sulla nostra pelle e ci accompagna. Su Mosè anche. E ora su Berthold. Dopo il film arriveranno le oscurità per noi ebrei ancora superstiti, lo sappiamo. Ci faranno credere d'essere salvi solo per un po', per il tempo di una pellicola. Poi verremo scartati, trascinati via, non serviremo più da vivi. Ci salveremo? Salveremo la nostra verità contro la realtà? Salveremo la nostra pelle dal buio o finiremo anche noi dietro un angolo di caserma a sentire da vicino il colpo di pistola?

Ce ne siamo resi conto. La nostra vita non sarà mai sufficiente se ci porteremo nel petto queste terribili domande. Lo sappiamo bene: sopravvivremo solo per la speranza di avere una piccola, fragile, risposta.

Capitolo sedici

Si gira

1944, agosto

Va tutto bene. Abbiamo da mangiare in abbondanza. Giochiamo al girotondo nel cortile mentre il sole illumina i nostri sorrisi, ridiamo e ridiamo e ci teniamo per mano fino a scoppiare. Va tutto bene, è solo il sole d'estate, tiepido per i nostri occhi, ci ripariamo all'ombra degli alberi perché là sono pronte le fette di pane. Possiamo anche scegliere quale marmellata spalmarci sopra, io ho sempre preferito le susine. Eccola. Che buono il pane con la marmellata, e questa non è né troppo dolce né troppo brusca, una via di mezzo perfetta. Lo diceva anche mia nonna: la marmellata di susine dev'essere fatta bene, altrimenti non c'è gusto.

Accanto a me, i ragazzi e le ragazze giocano a rincorrersi. Nessuno spinge per avere altra marmellata perché sappiamo che ce n'è per tutti, non c'è motivo di affrettarsi. Si mettono in fila con calma. Ciascuno prende la fetta spessa senza preoccuparsi delle briciole che cascano, quelle le mangeranno i passerotti, non ci chiniamo di sicuro a raccogliere una briciolona di pane, ma nemmeno una intera fetta se casca. Ognuno passeggia con la marmellata in bocca e la felicità nel cuore. Va tutto bene, di marmellata ne avanza ma nessuno corre a prenderla perché tutti sono occupati a fare dell'altro.

C'è chi gioca con la giostrina nuova nel cortile dietro la scuola: è di ferro dipinto rosso e blu e gira veloce, gira senza neanche cigolare. I bambini cantano a bassa voce ma si sentono lo stesso, non hanno bisogno di cantare a squarciagola. Ora però aumentano il volume dalla contentezza. Accanto a loro le ragazzine si divertono con le ruote di legno, le fanno correre con le bacchette, non hanno nemmeno bisogno di sfidarsi a chi corre più distante, a chi tiene per più tempo il cerchio in piedi, perché il gioco basta e avanza ai loro occhi sereni e alle loro mani. Va tutto bene nel sole del pomeriggio, un sole tiepido che non acceca ma carezza le teste, ci scalda le spalle anche all'ombra delle foglie verdi.

La piazza al centro della città è aperta, è larga ed è piena di letizia. Le famiglie passeggiano, i genitori si tengono mano nella mano, alcune donne hanno ombrellini ricamati sotto i quali tenere i nasi all'ombra, i figli piccoli sgambettano avanti, poi tornano in fretta indietro, giocano a nascondersi dietro le piante. L'orchestrina suona nel gazebo, non lontano dalla facciata della chiesa. Suona musica così felice da gareggiare con gli uccellini degli alberi che non credono alle loro orecchie e ai loro becchi. L'aria riecheggia. L'orchestrina suona da ore senza stanchezza le melodie più dolci per le orecchie più quiete del paese. Con una fetta di marmellata in mano passeggiamo nella piazza sorprendendoci delle aiuole, del cielo, dei sassolini sistemati intorno alle composizioni floreali. Le porte e le finestre delle case sono aperte, siamo amici, e dentro la vita prosegue con le faccende domestiche, donne che cucinano cantando, che lavano al fiume cantando, che stendono i panni cantando, che rimbrottano i figli cantando, che lucidano le scale cantando, che cantano cantando lungo il santo giorno. Va tutto bene.

In piazza vendono lo zucchero filato. Con i soldi che abbiamo, i soldi con la faccia del signore ebreo dalla barba lunga e dallo sguardo saggio, a somiglianza di tutti gli ebrei, donne e bambini di sei anni compresi, possiamo comprarne finché vogliamo. Ce n'è per tutti e anche di più, in tagli da uno, due, cinque, dieci, venti, cinquanta e cento. Anzi, lo zucchero filato costa così poco che ce lo regalano. Più in là vendono la frutta glassata: le mele sono dolcissime e rosse come quelle delle fiabe. E ci sono anche le fragole, grandi fragolone rosse ma solo per i bimbi bravissimi. Per i bravi e basta no. Perché qui come minimo i bambini sono bravi.

Tra i muri delle case sono stati tirati dei fili e ai fili sono appese centinaia di bandierine della Repubblica Cecoslovacca, la nostra patria di una volta, e della grande Germania, la nazione favolosa che oggi ci dà ospitalità e che si prende amorevole cura di noi. E poi ci sono i bellissimi colori del mondo, le stupende tinte della pace e della serenità che allietano l'anima. Si muovono nel vento come se danzassero al ritmo delle canzoni più belle. Il vento le porta a tempo di qua e di là, anche il vento oggi è nostro amico.

Spostano una cinepresa, laggiù. Sorridi.

Altri musicisti sono già pronti a teatro, dove ci sarà tra non molto una grande festa spettacolare della cultura. Musica e teatro vanno a braccetto a Terezín, i compositori sono felici di essere qui perché possono lavorare e dedicarsi alla musica senza preoccuparsi di fare la spesa. In più, i tedeschi hanno radunato tanti musicisti dalla Germania, dall'Austria, dalla Danimarca, dall'Olanda, che non si sarebbero mai incontrati se non fosse stato per merito loro, dei soldati e degli efficientissimi gerarchi. I musicisti possono aiutarsi, lavorare insieme, confrontarsi, collaborare. E così qui in questa città meravigliosa possono fare i pittori e gli scrittori, i drammaturghi e i poeti senza preoccuparsi dell'affitto o delle tasse da pagare: è stato creato un autentico paradiso per l'arte europea, non possiamo che esserne grati al Führer tedesco e ai suoi collaboratori.

Va tutto bene anche a scuola. Noi ragazzi non siamo mai stati così felici di andarci. Tra le mura si respira impegno e dedizione. Gli insegnanti sono bravi e non devono mai riprendere nessuno, proprio nessuno. La classe ha banchi nuovi e puliti, cartine geografiche appese con i mari e con i monti. Ogni studente si prende cura delle proprie cose e degli arredi scolastici. Tutti studiano, perché sanno che il loro futuro dipenderà dalla preparazione di oggi, senza storie. Tra le tante attività non manca la ginnastica, gli esercizi con gli attrezzi e il corpo libero, ci sono tanti strumenti utili per imparare divertendosi e divertirsi imparando. Dopo la scuola si può andare a trovare mamma e papà che abitano nella casa accanto, fare uno spuntino da loro oppure prendere un tè in piazza, accompagnati dalla musica. Molti preferiscono questa straordinaria marmellata alle susine, dal gusto che ti rimane in bocca fino a sera.

Non esiste la solitudine in città, ogni cosa è a posto, ogni ragazzo e ogni ragazza sa che troverà sempre amici disposti a passare del tempo felice insieme. C'è tanta luce ovunque, prati verdi dove coricarsi, strade pulite e ordinate, con marciapiedi recentemente rinnovati, trasporti pubblici e privati, cavalli e carretti. Poco distante, le donne coltivano gli orti, indovinate un po', cantando. Le loro condizioni di lavoro le rendono invidiate dalle donne dei paesi circostanti. Quale fortuna hanno avuto a vivere in questa città. I frutti della natura, coltivati con amore e cura dalle tante ragazze, vengono portati freschi sulla tavola di ogni giorno: c'è chi li gusta così come li ha colti, basta solo un pizzico di sale o una spolveratina di pepe, chi prepara ottimi minestroni con la paprika, chi li cuoce per conservarli in barattoli che verranno aperti quando la stagione sarà meno mite.

Gli uomini sono entusiasti, lavorano in piccole fabbriche, hanno orari leggeri e hanno tempo da dedicare alle loro famiglie e ai loro svaghi: l'arte, le carte, lo sport. In città c'è anche un campo da calcio dove si svolgono partite di alto livello. Il pubblico numeroso che le segue testimonia la vivacità degli abitanti della città e il loro stato di delizia. Anche gli anziani sono privilegiati a vivere in questo luogo stupendo. La sorte li ha senz'altro favoriti: l'età della saggezza diventa per loro un'occasione di affetto, compagnia e riposo dalle fatiche di una vita. Un gruppo di infermiere si prende cura di loro e tra le strade della città ci sono infiniti passatempi possibili. Non da sottovalutare la lettura di un buon libro, oppure una passeggiata nel parco verdeggiante, o due chiacchiere in compagnia su una panchina all'ombra nelle giornate più calde.

Aspetta, ci inquadrano. C'è il regista.

Essere ragazzi in città è un'esperienza straordinaria, è come un dono inaspettato. E quante sorprese. Le possibilità sono tante e la noia non esiste. In città si può anche nascere e ogni cura viene prestata alle mamme in attesa. I rari casi di persone che si ammalano vengono seguiti con affetto e professionalità dai medici specialisti e dalle premurose infermiere. Tutto va bene. E non dimentichiamo la straordinaria marmellata di susine spalmata sul pane ancora caldo di forno.

Se abiti in città, puoi scrivere ai tuoi parenti quando vuoi, puoi mandare una cartolina o una lettera. Chi vuole può anche spedire una propria fotografia ma la marmellata no, quella non si può spedire, e nemmeno spalmare sulla cartolina. Parenti e amici riceveranno le tue parole nel giro di pochi giorni e se vivono a Praga addirittura il giorno successivo alla spedizione.

È un servizio dal prezzo irrisorio che permette agli ebrei di tenere allacciati i legami familiari e non far mancare mai la propria presenza alle persone più care. Stare qui è perfino fonte di benessere. La contentezza degli ospiti della città che il Führer ha pensato e realizzato per gli ebrei è la prova visibile che tutto va bene, che non ci sono preoccupazioni da avere. Anzi, preoccupato dovrebbe essere chi non vive a Terezín, chi ancora si ostina a occupare le altre città tristi e grigie e senza amore, meglio vivere qua, nella città più vivace del Protettorato.

«Mi viene da vomitare.» Embryo mi guarda.

«Anche a me. Mi fa pena quel che sta succedendo.»

«No, dico sul serio, non facevo per dire. Rimetto.» Rimette. Mi sposto appena in tempo.

«Sarà stata la marmellata» gli dico, tenendogli una mano sulla fronte e voltandomi dall'altra parte perché non venga il mio turno di dar di stomaco. Siamo lontani dalle cineprese.

«Non è marmellata, sa di grasso per le ruote», dice con la bocca piena in un modo tremendo. A guardarlo potresti scommettere che prima di accorgersi che la marmellata faceva schifo deve averne mangiata molta. E che in un tempo non lontano deve avere anche assaggiato del grasso per le ruote, così per curiosità.

«E tu cosa ne sai di che gusto ha?»

«Preferisco quello. Ci inquadrano con le cineprese?» chiede.

«Ma no, si sono spostati verso la Magdeburgo. Dicono che poi andranno a girare dalle parti del campo da calcio.»

«Finto anche quello.»

«Finto anche quello. Ma a me la marmellata non sembrava così male.»

«Si vede che il tuo pezzo di pane è stato spalmato con qualcosa di più buono, tipo segatura bagnata. Il mio no.»

«Vedo, vedo.» Lo sorreggo meglio. Rallenta, forse ha finito. Rimette ancora. Finisce. Si pulisce la bocca con un angolo della mia manica.

«Nazi. Mi pagheranno anche questa, un giorno.» Embryo è furibondo.

«Tornano le cineprese da questa parte, hanno fatto in fretta.»

Che bellezza. La città di Terezín vive circondata da boschi e acque incontaminate. I campi coltivati formano una cornice lussureggiante per un luogo dove la vita procede serena. Affluente di sinistra dell'Elba, ricco e generoso di pesce, il fiume Ohre offre ai pescatori divertimento e passione. Nessuno torna mai a mani vuote. Nei boschi inviolati vive ogni sorta di flora e fauna per deliziare gli occhi, il naso e pure il palato: il cerbiatto arrosto sarà una delizia sulla vostra tavola. Seguito ovviamente da una piacevolissima fetta di pane ricoperta da abbondante marmellata di susine.

Alle finestre sono appese bellissime tende, non che ci sia nulla da nascondere. Le camere dei ragazzi sono calde e spaziose, suddivise in zone per la notte e spazi dedicati alle attività del giorno. A ciascuno è garantita la giusta pulizia e una educativa intimità, i locali sono freschi e rinnovati di continuo, le lenzuola vengono cambiate ogni settimana, lavate e stese al sole e al vento che soffia leggiadro nella campagna, profumandole di fiori e aromi di miele. Le donne, cantando, le raccolgono in grandi ceste e si occupano di rifare i letti. C'è anche una biblioteca fornita di ogni libro adatto allo svago o alla maturazione dei ragazzi: come moderno luogo di erudizione, la biblioteca offre la possibilità gratuita e pedagogica di leggere romanzi d'amore e d'avventura, o di arricchirsi culturalmente studiando le civiltà del passato, la geografia, la geometria, le scienze della natura. Numerosissimi sono i bambini e le bambine che frequentano quotidianamente questi luoghi.

«Mi dispiace per tuo padre» fa in tempo a dire Embryo.

«Grazie» dico io.

«Non ne ho mai avuto uno e non so cosa stai

provando, ma anche se non capisco sono tuo amico lo stesso?» dice, piegato in due per la nausea.

«Io ne ho avuti due, ma mi sembra di averne meno di te. Sei mio amico lo stesso» gli dico, e lo aiuto a rialzarsi.

Mezzi abbracciati, saltelliamo verso casa.

Nella città organizzata a misura di ebreo, a ogni cittadino viene data in dono una stella gialla realizzata a mano con tessuto di qualità. La stella, appuntata sulla giacca o sul cappotto o sulla camicia oppure legata stretta al braccio con una striscia di stoffa, porta la scritta tedesca *Jude*, che significa semplicemente *Ebreo* ed è simbolo di distinzione e appartenenza. Gli ebrei possono comodamente riconoscersi tra loro facilitando le relazioni, le amicizie e gli scambi culturali e commerciali. È la fine degli equivoci e dei malintesi, e l'inizio della concordia e della condivisione. La presenza della stella sopra un normale vestito naturalmente non deturpa l'immagine della persona, ma anzi, le conferisce una spiccata personalità. Con la stella gli ebrei sono finalmente uomini liberi. Ma non dimenticate di assaggiare la stella del gusto, la straordinaria marmellata di susine che va su tutto.

«Bene. Karl, per oggi chiudiamo con una carrellata su quella gente, quelli là contro il muro.»

«Ma non stanno sorridendo.»

«Karl, ordinagli di ridere, non prenderli a calci come prima, fai qualcosa e comanda alla bimba di saltare con la corda più in alto, il vecchio ha il cappello storto, voi, mettetelo a posto, quel signore là in fondo ha l'aria di un morto, cacciatelo fuori dalla mia inquadratura, Martha, ti prego, stai sveglia e vai a truccare il finto rabbino, muoviti, i cinque ragazzi riprendano il girotondo. La spilungona con l'ombrellino mettetela vicino a un uomo alto, perdio, l'ho già detto. E muovetevi, non abbiamo tutta la nostra santa vita per girare.»

«Voi, laggiù, ridete! Subito! Adesso ridono.»

«Bene, bravo Karl. Martha spostati. Pronti in macchina, luci, azione. Si gira.»

Capitolo diciassette

Abbellimento

1944, settembre

Le cineprese se ne sono andate. Hanno caricato pellicole, luci, cavalletti, casse scure, sistemato ogni attrezzo sui camion. Partiti. Torneranno in Germania a finire il film, sembravano contenti. Siamo seduti sul mio letto. Sul letto accanto c'è Hanus: è vestito con l'unica camicia che ha, ma è in ordine. Una donna lo aiuta ad abbottonarlo fino al colletto, gli sistema le maniche e gli allaccia i polsini, Hanus è fermo immobile e pallido come il muro, guarda i suoi piedi vicini, ha le scarpe pulite, forse gliele avevano lucidate per il film. Tiene le suole ben piantate sul pavimento. La donna ha finito di sistemargli le maniche, Hanus unisce i palmi delle mani e se li porta in grembo, non toglie lo sguardo dalle stringhe delle sue scarpe che luccicano, luccicano come un addio. La donna gli passa una mano tra i capelli, quelli sono polverosi come sempre, lo pettina con delicatezza, soprattutto dove il nero è più scompigliato. Hanus tira un sospiro lungo.

«Ti ho fatto male?» chiede la donna, premurosa.

«No» risponde Hanus. Ma lo fa in ritardo, come stesse già pensando ad altro.

Siamo immobili. Seduti scomposti sui letti intorno. Guardiamo la scena senza dire nulla. Hanus s'infila delle braghette marroni che non gli abbiamo mai visto addosso. Si siede di nuovo, le sue spalle si curvano verso le ginocchia, si rimettono diritte, si abbassano di nuovo. La donna ha preso la valigia di Hanus da sotto il letto. Sta scrivendo il suo nome con un gesso bianco su un lato della valigia. O meglio, ricalca il nome di Hanus che già c'era scritto ma era scomparso un po' per volta sotto il tempo e la polvere.

La donna che lo prepara è Luise. È quella che ha aiutato Egon a fuggire, o perlomeno a provarci. Egon non era suo marito, aveva una moglie fuori, ma nel ghetto era il suo uomo. È Luise che è andata a prendere il corpo. È lei che è stata interrogata per giorni là sotto, nelle cantine delle SS, è lei che sentivamo urlare. Ora prepara il corpo di Hanus come aveva preparato il corpo di Egon. Lo aveva raccolto da terra mentre qualche uomo dei nostri lo slegava dai lacci, snodava quella corda intorno al suo collo, gettava lontano il cartello d'infamia dei tedeschi; Luise lo aveva carezzato lì per terra, sulla strada, tutto il pomeriggio. Aveva fatto la guardia. La sera aveva chiesto aiuto. Due uomini avevano portato il corpo lì vicino, nell'erba. Luise ringraziandoli aveva tolto la camicia al suo uomo, e noi da lontano la guardavamo con occhi nuovi. Aveva messo a Egon una camicia pulita, sollevandogli le spalle e muovendogli la testa ma sempre sorreggendola, come se lui respirasse ancora, e anche una cravatta uscita da non sappiamo dove. Gliel'aveva annodata leggera, a coprire quel povero collo. Due altri uomini sono venuti a prendere il corpo per portarlo al crematorio e lei li ha accompagnati camminando accanto al carretto e tenendo Egon per mano, perché i morti da soli non sanno più andare. Ora le ceneri di Egon sono in una busta di carta con un nome, nei sotterranei delle colombaie.

Pioviggina. È con le stesse mani, ma più decise e più dolci, che Luise si occupa di Hanus, gli sistema il taschino della camicia, gli solleva i calzettoni, gli tiene una mano sul ginocchio finché Hanus non s'abbandona sulla sua spalla.

«Non voglio partire» mugugna.

Lei non risponde, gli passa una mano nei capelli.

«Non possiamo farci niente, Hanus.»

«Chi va sui trasporti non torna mai.»

«Perché il posto dove vanno è migliore di qui, è

sereno. Chi ci tornerebbe, a Terezín?» Louise lo dice con tanta delicatezza che perfino noi le crediamo.

«È ora» aggiunge.

Quell'ora è arrivata in anticipo per il nostro amico, come era arrivata in anticipo per l'agente segreto Mosè. Hanus si alza, trascina la valigia fin oltre le file dei letti, ripercorre quel corridoio dove è passato mille e mille volte in questi anni. L'abbiamo già abbracciato. Ci alziamo anche noi, scendiamo, chi era sui letti in alto ridiscende lentamente e senza fare alcun rumore, come perfino un suono potesse disturbare il pianto di Hanus che esce dalla stanza. Camminiamo con lui, trasciniamo la valigia con lui, ma per il suo dolore non c'è forza che tenga. Luise gli tiene un braccio intorno alle spalle. Il Barone ci saluta con la mano voltandosi indietro, così come farà una volta arrivato in strada, guarderà per aria e vedrà i suoi amici alla finestra, zitti, il vento scompiglierà le loro parole, i capelli, la giacca di Hanus che se ne va trascinando la valigia.

I nazisti in piazza stanno sistemando il nuovo padiglione per l'orchestra. Lo stanno sistemando gli ebrei, veramente, con martelli e lunghe travi di legno. Inchiodano e battono. Hanus se ne va costeggiando quel luogo dove non siamo mai potuti andare per davvero. Deve arrivare la Croce Rossa, lo aveva detto l'agente segreto Mosè prima di essere deportato e c'è da fidarsi. I nazi non vogliono fare brutta figura: quelli della Croce Rossa controllano, non saranno mica fessi come paiono a noi. Il ghetto deve sembrare a posto, a puntino, lo chiamano "abbellimento". Coperti da certi teloni improvvisati, lavorano.

E mentre intorno alla nostra casa è in programma l'abbellimento, Hanus cammina verso la caserma Amburgo dove verrà smistato insieme agli altri, e poi verso il binario del treno. Lo fa senza coprirsi la testa, la pioggerella si vaporizza sulle spalle in gocce sempre più piccole, lo fa senza guardare gli imbianchini che sistemano i muri a colpi di calce e colore fresco e profumato. Lo fa senza ascoltare le voci di chi prepara le aiuole di fiori, pota alberi, scarica verdure. Ai nazisti non è bastato l'abbellimento per girare il film: vogliono di più. Vogliono che tutto, tutto, sia in ordine. Non solo quello che passerà per la lente di una telecamera.

Ma anche stavolta, come la prima, quelli della Croce Rossa vedranno solo tre cose delle centomila che potrebbero guardare. Ci penseranno i nazisti a nascondere le altre. Non vedranno Hanus che se ne va con le sue cose verso il binario. Luise lo accompagna, ma il nostro amico non c'è già più, è scomparso dietro un angolo ed è scomparso il suo cuore comico, lo ha lasciato pulsare via da qualche parte, è sfumato. Non salirà sul treno col suo corpo. Per certi versi è già come disteso, come Egon, catturato.

Con la pioggia nei capelli, non vedrà che sono nati novanta bambini da quando lui è arrivato a Terezín. Sono stati tenuti nascosti ai nazisti perché partorire è reato punibile con la morte, ma ci sono: ne abbiamo sentito i pianti, certe sere più silenziose, ne abbiamo visto i piccoli segni lasciati qui e là, abbiamo visto le pance delle mamme. Alcuni hanno già due anni e si sono ormai confusi al resto della folla qui nel ghetto. Solo loro riconoscono Hanus mentre rientra nello sciame di grigi per la strada con le stelle gialle e s'avvia, solo loro lo guardano andarsene e capiscono ogni cosa. Li faceva ridere quando si alzava in piedi in cima a quella cassetta di frutta che era il suo palco più bello, il suo teatro immaginario ma vero. Ora lo salutano con la mano, Hanus gira un altro angolo, disperso in un crocchio di abiti scuri che contengono persone anche più scure, qualcuno s'è attardato, oltre quella strada c'è il binario e oltre il binario chissà. Il treno merci è là ad aspettarlo.

L'acqua bussa alla finestra, le risate sono partite nel bagaglio di Hanus e non sappiamo se è più vuoto il suo letto o la nostra bocca. Ripenso alla nave del racconto di Jiri, dove un giorno andremo tutti noi ebrei e saremo felici, chissà se Hanus è solo partito per tempo, senza aspettarci. Ci attenderà alla meta, ma forse Jiri aveva visto male, forse non aveva ragione. Scendo dal letto e scendo per le scale fino a uscire dalla casa per fermarmi nel giardino con una voglia di niente.

C'è Vera seduta su una panchina. Accanto la aspetta una minuscola valigia di cartone tenuta insieme da un nastro rosa porcellana che un tempo è forse stato la cintura di un vestito elegante. I fiori e le foglie intorno a lei si allargano formando un salotto di illusioni, qua fulvi e turchini e più in là blu e biondi nel verde. Le api lavorano in fretta: sanno meglio di noi che è settembre, sono gli ultimi giorni prima che arrivi l'autunno. Anche noi senza dirlo conosciamo il sapore degli ultimi giorni e lavoriamo di fretta per raccontare, per lasciare e per lasciarci. Siamo noi quelle api che sfregano la dolcezza per sopravvivere, sono io quell'ape che guarda la ragazza di nome Vera seduta sulla panchina e quel ragazzo in piedi vicino a lei, passo accanto a loro velocissima, appresso ai loro cuori lenti rispetto a me ma affannati per gli umani, nessuno mi tocca, nessuno agita le braccia per allontanarmi perché non pensano al mio volo ma solo a loro stessi, all'aria che li divide. La ragazza si è alzata in piedi. Da ape non capisco cosa si rivelino sussurrando e toccandosi con le guance, ma il mio ronzio non è abbastanza possente per coprire quello che la ragazza sta per dire.

«Devo partire anch'io.» Vera ha la voce di vetro.

La prendo per un polso senza pensarci, ci guardiamo e finalmente la vedo: c'è una farfalla dietro di lei, sbuca da un nascondiglio sotto una foglia, è una farfalla bianca come non ne avevo mai viste qui a Terezín, non ci sono farfalle nel ghetto ma sono io quella farfalla e girerò zitta e sola per giorni e giorni nel giardino, digiuna di vivere dopo aver visto Vera, disinteressata all'aria e ai fiori. Volerò dietro le caserme e vedrò i tetti passandovi accanto e scorgerò senza badarci la fila di gente caricata sul treno merci e sentirò il rumore del ferro e mi librerò oltre il bastione più grande e sorvolerò l'erba e il fango dell'autunno che comincia e mi poserò sulla spalla morta del nostro rabbino disteso a terra, appena fucilato dai nazisti: non partirà con gli altri. Per fuggire subito piena di spavento mentre lo trascinano via afferrandolo per i piedi, vedrò i suoi vestiti di polvere, i suoi occhi che si chiudono, sarò l'unica preghiera alla sua dipartita, sarò una preghiera che ascende al cielo con ali bianche.

«Svuotano la nostra stanza e un piano della casa, partiamo quasi tutte subito. Alcune sono già alle rotaie. Stavo per salire, sono passata a salutarti» aggiunge Vera mentre mi stringe la mano con l'altra mano. Ha la pelle ruvida.

«Addio.»

Raccolgo un fiorellino e glielo porgo prima che si allontani troppo. Mi guarda ancora, con un occhio lucido e uno chiuso.

«Siamo noi, questi fiori da niente. Nasciamo selvatici, siamo svelti a colorarci e tanto rapidi ad appassire» dice, chiudendo il palmo sui petali.

«Cresciamo solo in una terra senza vaso» le dico.

Sono io quel fiore ancora a terra che mosso dal vento fa no e no con la corolla mentre Vera se ne va e si volta solo un momento per sorridermi. Un sorriso come se niente fosse accaduto, come se fossimo ancora a Praga liberi e sereni a tenerci per mano, camminare spettinati e avere nella mente solo un appuntamento per il prossimo bacio. Gira l'angolo e vedo ancora una volta tra le sbarre il nastro rosa della valigia e il fiorellino nella sua mano.

«Addio.» Lo dico senza che mi senta più. Forse lo sto dicendo a me stesso.

Ritorno al piano di sopra vuoto come un sacco, si spengono le finestre al mio passaggio autunnale. Mi siedo sul materasso abbandonandomi. Sul letto che era stato di Hanus è comparsa una rosa, una perfetta rosa gialla. Una rosa gialla recisa, di quelle che si lanciano applaudendo sul palco dei teatri importanti quando lo spettacolo è stato davvero bello.

Capitolo diciotto

Ceneri

1944, ottobre

Da oggi si lavora tutti, anche noi ragazzi. L'abbellimento del ghetto è un ricordo di qualche settimana fa, la Croce Rossa non tornerà e non c'è bisogno di mantenerci presentabili e belli rossi in viso. Usciamo con Edison per il nostro primo turno di lavoro, al mattino presto: qualcuno viene mandato a fare il postino e porta in giro messaggi e foglietti, io sono destinato con Peter a un gruppo di adulti, veniamo spediti a piedi accanto a un furgoncino e si va. Il comando arriva e viene eseguito così in fretta che nemmeno pensiamo di prendere il solito foglio e la solita matita: oggi basterà la memoria, ci diciamo.

Attraversiamo l'intero ghetto. Lo ricordavo più affollato. I trasporti sono aumentati dall'estate, hanno alleggerito le strade e le camerate, hanno portato via intere caserme, un piano alla volta. Non si fa in tempo a salutarsi, non si fa in tempo a conoscersi che si deve partire. Prima o poi il Consiglio Ebraico dovrà mettere anche i nostri nomi nelle liste dei passeggeri. Non sappiamo quando, ma forse verremo liberati.

I pensieri di chi cammina nascono nel cuore, a volte nel fegato, e sono sempre lucidi ma una volta arrivati nella testa si confondono, diventando meno solidi e carichi di promesse. Così anche io e Peter ci confondiamo tra la gente, ci hanno portati fino alle colombaie dove tengono le ceneri dei morti, ci spiegano cosa fare, ascoltiamo senza pensare, senza una parola sola nel cranio, qualcosa che ci conforti o che ci sostenga, che ci impedisca di urlare. Ordinano e noi facciamo, oggi non si apre il becco e non si fanno storie.

Le colombaie sono cunicoli scavati in un bastione, hanno il soffitto basso, a botte, i mattoni sono umidi e in terra c'è ghiaia e fango. Sono state ammassate lì le ceneri dei morti di questi anni. Morti di fame o di malattia, nelle ultime settimane anche di tifo, passati spesso per le armi, passati al crematorio, abbagliati dal fuoco e riversati in polvere gelida dentro sacchetti di cartone ora ingiallito, con un nome e una sigla. Ammassati qui.

Che dobbiamo fare? Infilarci nei cunicoli ed estrarli. Obbediamo, si comincia, formiamo una fila di persone che si passano sacchetti. I nazisti cosa ne faranno? Si va a seppellirli altrove, forse hanno dignità di sepoltura. Ma no, appena fuori dalla colombaia i cartoni vengono aperti e riversati insieme nel cassone del furgoncino, le ceneri si mescolano, formano prima uno strato sabbioso, sormontato in breve da una montagnetta che crolla un po' per volta. Le ossa non bruciano mai bene e nei sacchetti c'è sempre un femore o una mandibola che non sono andati in pezzi per il calore. Quelli vengono buttati altrove.

Si continua. Alcuni involucri si spaccano per l'umidità e riversano i resti in pulviscolo sui nostri piedi. Mi chino per raccogliere le ceneri di un certo Marek, ma una guardia ebrea del ghetto mi fa segno di lasciar perdere, mi rialzo, ho Marek sulle gambe, sulle ginocchia, un suo ossicino sotto le dita del piede destro. La polvere e la cenere prendono a volare nel cunicolo, rendendolo presto nebuloso e grigio, vedo a malapena Peter accanto a me che mi passa il sacchetto e vedo a malapena l'uomo che dietro di me dovrà riceverlo dalle mie mani, compare e scompare nel nulla per il movimento della fila, ho cenere nei capelli e negli occhi. Fuori, una colonna di foschia grigia comincia a sfumare dall'imboccatura della colombaia e a disperdersi nel panorama di Terezín, bruno come il cielo di questo giorno.

Andiamo avanti per ore a passarci gli involucri coi nomi dei morti che più arrivano da dentro la colombaia più sono sottoposti a strappi e rotture, più sono vecchi e fragili più si lacerano disperdendo il contenuto. Un ragazzo davanti a me corre fuori gemendo col sacchetto di suo fratello tra le mani, corre fuori, corre via, lo raggiungono e lo picchiano, disperdono le ceneri di uno, portano l'altro nel ghetto, partirà col primo treno, temo. Ho le mani piene di cenere, nel cunicolo l'umidità ci fa sudare e il calore dei nostri corpi fa sudare le pareti. La cenere si impasta sulla pelle e sui vestiti fradici.

Guardo Peter e lo riconosco appena, solo il nero degli occhi spunta dalla sua massa schiarita fino a diventare cinerea anche quella.

Rallentiamo, ora c'è quasi buio nella colombaia. Peter non riceve sacchetti e si volta a guardarmi con l'aria di chi non riuscirà a raccontare nulla, su *Vedem*, di quello che sta accadendo oggi.

«Dove sono gli scomparsi, i perduti, i dispersi, quelli che ci hanno lasciato?» mi chiede.

Capisco che non è una domanda.

Ho la bocca piena di fuliggine.

«Dove sono quelli giustiziati per strada, dov'è Jan che vendeva sigarette, Egon che voleva fuggire, e quella donna scoperta a rubare per i suoi bimbi? Dove sono quelli che sono spariti, nascosti dai tedeschi, dove sono quelli che hanno smesso di torturare?» Tace.

Riprende. Mi sembra che abbia gli occhi più grandi di prima.

«Dov'è Jiri? Dove sono i nostri amici? Eccoli.»

Mi mostra le mani impastate di cenere, mi mostra la maglia grigia. Ha lo sguardo dei dispersi.

«Eccoli. I nostri amici sono qui. Sono qui nelle nostre mani.»

Non abbiamo il tempo di guardarci come vorremmo, di abbracciarci, forse, perché arriva un nuovo sacchetto e Peter è costretto a voltarsi.

Finiamo il lavoro al tramonto, è l'ora del silenzio, gli altri vengono mandati a casa. In quattro siamo costretti a salire sul camioncino, ci portano via con la cenere e passiamo veloci in una strada che costeggia il ghetto nel rosso di un tramonto sormontato da nuvoloni gonfi di angosce, disperdiamo una scia di cenere, una nuvola di farina umana di sconosciuti che vola via sopra i tetti di Terezín. Ci stringiamo nelle spalle perché non siamo più nessuno, su quel camioncino, siamo croste vuote. La gente da lontano ci osserva e non capisce. Arriviamo cigolando fin oltre il portone d'ingresso dalla parte della Sudeti. Hanno scelto noi perché siamo ragazzi e sanno che non proveremo a fuggire, usciamo per qualche metro da Terezín, poi di più, siamo fuori, il camioncino prosegue per una carreggiata sforacchiata di buche, svolta a sinistra, imbocca una stradina che costeggia il bastione, non l'avevo più visto da fuori, dal giorno del mio arrivo, la stradina s'infila tra colonne di alberi, sulla nostra destra scorre l'Ohre, il fiume marrone e rosso a quest'ora. Arriviamo in uno spiazzo d'erba, ci fanno scendere e danno a ciascuno una pala. I soldati nazisti ci tengono a bada con i mitra, fumano e ridono. Il furgoncino si svuota del mucchio di cenere, a colpi di pala la disperdiamo nel fiume, i raggi del sole ci illuminano da dietro rendendoci neri come diavoli. Le molecole dei nostri morti in polvere scivolano nell'acqua e s'abbandonano sciogliendosi, diverranno pesci e fondali, diverranno concime per i campi, arbusti, fiori, grano per il pane, diverranno piante selvatiche dietro le quali nascondersi con le ragazze, diverranno acqua negli occhi insaponati, acqua da bere.

È ottobre e l'ora del buio arriva presto ma senza sorprese. Il rosso ha concluso il suo spettacolo, diamo colpi di badile senza vedere, prendiamo cenere e sterpi insieme, erba e foglie e ossicini e sassi indistinti e gettiamo quanto possiamo nell'Ohre. Il fiume è indifferente e lo guardiamo con invidia. Vorremmo possedere la sua calma. Abbiamo finito.

Il campo intorno a noi è mosso e rotto come se fosse stato arato da poco. Ci sono ossa che sbocciano: nella penombra di una notte che giunge non sappiamo se sono monconi di piante selvatiche o esseri umani prima viventi, c'è poca luce ma il pensiero è d'essere in un prato usato per nascondere corpi, per lasciarli come capita, dove capita, mezzi insepolti, e a un certo punto, un giorno di non si sa quando, pensiamo sia arrivato l'ordine sciagurato di disseppellire i cadaveri e di nasconderli meglio, di buttarli nel fiume così com'erano o bruciarli, di ridurli in polvere e disperderli. La terra racconta una storia di vanghe e gerarchi arrabbiati, di furia e fatica, di lavoro fatto troppo in fretta per non lasciare segni e resti.

Ci corichiamo esausti nel cassone del camioncino. I nazisti ci danno un'aringa a testa, che mangiamo mezza cruda e fredda mentre ci seguono su un altro furgone, e ritorniamo. Il primo gelo della notte ci accompagna fino al portone di Terezín, ci pedina fino alla casa dei ragazzi, si spoglia con noi dei vestiti pieni di cenere, si lava il volto con noi, rende inospitale il nostro cuore a chi ci chiede cosa abbiamo fatto e ci domanda notizie, rende freddi noi come l'aringa, dentro non ci sono coperte a scaldarci. Gli amici sono ancora sulle nostre mani.

Sono sul razzo spaziale. Atterro finalmente sulla luna, ne ho bevuto, di tè, prima di arrivare qui. Il missile è un salottino di velluto e dai finestrini controllo che non ci siano pericoli. Apro pieno di curiosità.

Scendo allegro.

Ho i miei amici sulle mani, mi sveglio senza fiato. È buio denso, nella camerata c'è silenzio. Non ho urlato, avrei voluto farlo, è stata solo una specie di desiderio. Sono di nuovo sveglio. Ho il mio cuscino, ho la mia coperta, Josif è alla finestra e lo riconosco dal contorno della testa, ma presto tornerà a letto anche lui. Chiudo gli occhi sfiorandoli con la mano.

Sul suolo grigio e soffice del satellite lascio le impronte chiare dei miei piedi nudi, pare di camminare sulla sabbia trasparente di spiagge lontane, una luna tropicale e accogliente. Corro, corro più forte, è come correre su un letto tanto è morbida la superficie. Sembra sabbia immacolata, sembra cenere. Ci sono i segni di tante altre corse, li vedo solo ora. Altri piedi, altre scarpe. Sono piedi piccoli e scarpe piccole, come le mie, come i miei. Sono segni di ragazzi. Ma dove andavano tutti?

Ho la coperta in bocca, riapro gli occhi. Sento ancora la fatica nelle braccia, quei sacchetti e quella cenere da spalare, sento nella spalla il movimento del badile, sento nella schiena la torsione per passare il sacchetto col nome all'uomo dietro di me e riceverne un altro da Peter. Non devo pensarci, mi rovina pensarci, devo chiudere gli occhi. Li chiudo. Ho gli amici sulle mani e le mani sulle palpebre.

Impronte, dicevo, la luna ne è piena, o perlomeno questa zona dove sono atterrato io. Credevo di essere il primo, ci speravo. E invece cosa vai a pensare? Che questa popolazione sia scesa sul suolo lunare prima di te? Sono segni che si rincorrono, che giocano, quei due secondo me si stavano baciando, perché uno è in punta di piedi. Questi ballavano. E sono segni di scarpe da ragazza. Altri fuggono, sfuggono, s'allontanano verso l'orizzonte come se fossero stati presi dal medesimo desiderio. Dove vanno? Dove sono andati? Non ne vedo nemmeno uno, eppure sono stati qui tutti. Sulla luna sono arrivati e sono corsi via. Correrò anch'io dove mi portano questi segni, questi solchi, queste forme di scarpa o di piede nudo, verso quell'orizzonte chiaro. Andarci mi mette sollievo, incontrerò questi ragazzi nuovi. Quali feste, quali giochi. Non ci sarà il tempo nemmeno per conoscerci e chiederci come ci chiamiamo, dove abitiamo, chi siamo e chi saremo, perché non saremo nessuno. Sarà solo bello.

Una luna e tanti segni di scarpe, scarpine, piedini. Sarà solo bello, devo pensare a questo mentre chiudo gli occhi, di nuovo. Ancora, un'altra volta.

Capitolo diciannove

L'ultimo giorno

Il mattino dopo sono venuti a buttarci giù dal letto tre soldati SS, urlando dal corridoio, uno è di quelli stirati, ancora più pericolosi: non si sono nemmeno presi la briga di entrare. Hanno tirato fuori Josif e Zappner con me, ci hanno costretto a vestirci in fretta, ci portano a lavorare non so dove. Edison fa presente che dovrebbe essere di turno all'officina elettrica, ma uno dei soldati, che è ceco tanto quanto lo siamo noi, gli risponde che all'officina non c'è più nessuno, sono partiti ieri.

«Partiti ieri» ripete. E anticipando la nostra domanda aggiunge: «Tutti.»

Non attraversiamo il ghetto, l'aria fresca della giornata appena iniziata ci accarezza il collo, giriamo dietro l'angolo e procediamo verso uno dei portoni d'ingresso. Passiamo accanto all'orto di Manuel, andiamo spediti perché le guardie hanno fretta e si capisce. L'ho guardato mentre zappava dietro una fila di rose appena sbocciate. Si è accorto di noi e si è subito avvicinato alla rete per salutarci, ha alzato un braccio rivelando uno strappo sul gomito, ha sorriso coi suoi denti storti e noi abbiamo ricambiato con l'aria meno felice di tutte le altre volte. Lo ripenso lontano. Non sappiamo di cosa si sia accorto in questi anni passati a Terezín, non sappiamo nemmeno se sia ancora vivo per volontà o dimenticanza: gli adulti lo considerano uno scherzo del destino, e il destino gli ha forse riservato un trattamento migliore. Dentro di noi crediamo che sia stata sua l'idea di mettere la rosa sul letto di Hanus, quando è partito, ne siamo sicuri anche se non lo ha mai ammesso e non lo rivelerà certo a noi: dietro quel sorriso strano abita una poesia che non riusciamo a leggere, nella sua mente succedono cose che non potremmo raccontare con le parole quotidiane, quelle che usiamo per *Vedem*, e nemmeno con un disegno. È un mistero.

Quando vediamo arrivare la fila di bambini capiamo ancora meno perché siamo qui. Sono bambini piccoli, si tengono per mano e attraversano il portone del ghetto. Due guardie a destra, tre soldati a sinistra li accompagnano insieme a un gruppetto di infermiere. Forse quello è un dottore. La fila non finisce tanto presto: quanti saranno? Ottanta, novanta? A contarli ti si incrociano gli occhi. Hanno le facce magre e spaventate di certi randagi.

«Di Bialystok. Polacchi» dice la guardia che ci ha trascinati fino a qui.

«Orfani?» chiede Josif.

La guardia ride una risata tanto più forte nella quiete dell'alba e scruta il nostro amico dall'alto in basso. Il soldato SS guarda un moccioso stanco che non sa niente, ha smesso di sghignazzare ma mantiene la bocca mezza aperta in una smorfia terribile.

«E chi non lo è, in Polonia?» E se ne va.

Ne arriva un altro che ci ordina di prendere i bambini e accompagnarli in un salone della caserma più vicina. Lo facciamo, quelli si fidano di noi perché siamo di poco più grandi, solo sei, sette anni più vecchi. Dovremmo trattarli da fratellini, dovremmo sentirci per qualche minuto come quelle anatre che si tirano dietro i piccolini. Le accompagnatrici sono ceche e in quei trecento metri di strada riusciamo perfino a parlare.

«Li portiamo a lavarli. I tedeschi hanno preparato le docce per la disinfezione» dice un'infermiera dentro una chioma di capelli amaranto.

Tiriamo una specie di sospiro: avevamo sospettato che i nazisti volessero fare del male anche a loro. Se invece li lavano, è un buon inizio. Entriamo in un edificio risistemato da poco accanto alla caserma Magdeburgo, superiamo alcuni gradini, e i bambini dietro di noi. Josif si ferma sulla porta per aiutare un gruppetto a salire, Zappner è in fondo. Forse con la sua barba ha divertito i bimbi più di noi.

Dicono che la stanza a fianco della nostra è attrezzata perché tante persone si lavino insieme, una fila di bocchettoni pende dal soffitto e sul muro corrono i tubi dell'acqua calda e di quella fredda e il pavimento ha i buchi per gli scarichi. Sentiamo alcune guardie ordinare ai bimbi di spogliarsi, perché verranno lavati nelle docce.

Ed è lì che qualcosa non torna, che accade qualcosa che non mi sarei mai atteso. I bambini cominciano a piagnucolare, qualcuno urla, scalcia, si aggrappa alle infermiere, la porta d'uscita è sbarrata ma qualcuno tenta di forzarla, non ne vogliono sapere di svestirsi. Non capiamo cosa succede: guardo Zappner e lui mi ricambia con lo stesso punto di domanda. Anche Josif, incastrato in un gruppo più in là, fa segno di non capire. Le infermiere cercano di aiutare i bambini ma non riescono, tirano una manica di maglione a uno e sembrano esserci riuscite, a spogliarlo per metà, ma mentre si occupano di quello accanto il primo si riveste e fugge, qualcuno si getta a terra disperato e urla con tutte le forze una serie di no agghiaccianti, ce n'è uno che si strappa i capelli dal dolore che prova, le bambine ammutolite corrono lungo i muri, le infermiere s'accorgono d'essere poche e impotenti, chiedono aiuto a noi ma noi nemmeno parliamo la lingua di quei bimbi, in fondo si tratta di una doccia calda. Appena hanno sentito la parola "doccia" si sono messi a versar lacrime e a disperarsi, non avevo mai visto un terrore così profondo in tanti bambini insieme. Come se nello stanzone accanto ci fosse altro al posto delle docce, ci fossero lupi affamati, come se uscissero spettri malvagi al posto dell'acqua, come se li aspettasse la fine. Ma cos'hanno visto in Polonia questi bambini?

Un'infermiera deve aver capito. Quando apre la porta della sala delle docce l'urlo dei bambini diventa uno solo, acuto e potente. L'infermiera si muove decisa, lascia la porta aperta mentre noi guardiamo cosa succede, gli occhi dei ragazzi sono lucidi, luccicanti, e la seguono. L'infermiera apre un rubinetto, da un bocchettone al centro della stanza comincia a scendere acqua, fredda, all'inizio. La donna apre una mano sotto il getto e lascia che l'acqua le bagni il palmo e le dita e scorra giù in tante gocce, arrivando al gomito.

Dice: «Acqua.» Guardo Josif e continuo a non capire. Nemmeno Zappner comprende.

Dice ancora: «Acqua.» Una donna tra i bambini ripete la parola in polacco, la differenza è minima tra la loro e la nostra lingua ma sembra che i bambini abbiano già compreso dal gesto dell'infermiera. Smettono di singhiozzare, si tranquillizzano, qualcuno comincia a spogliarsi di propria iniziativa, il terrore viene sciacquato via dai primi che nudi entrano nello stanzone e si lavano nella nuvola di vapore che comincia a salire dal pavimento. Arrivano i saponi, anche altri bambini e bambine nudi s'avvicinano alla porta, le infermiere fradicie li aiutano un po', in fretta, sono tanti. Sono entrati quasi tutti mentre già i primi cominciano a uscire. Ci sono vecchie salviette e stracci ad attenderli: per i primi sono sufficienti ad asciugarsi, per gli altri diventano una tortura gelata.

Cos'hanno visto questi bambini in Polonia? Cos'hanno raccontato a questi bambini in Polonia? Ci raduniamo in un angolo.

«Questa come la scriveremmo?» chiede Josif.

Zappner è senza fiato.

Domani partiremo per l'Est e la notizia non ci ha sconvolti. Sapevamo che sarebbe successo a noi quello che è accaduto a tutto il ghetto, a chi ha preso il posto di chi è partito e a quelli che hanno preso il posto di chi aveva preso il posto. Dopo l'addio a Vera non ho più pensieri sereni: è come se con lei se ne fosse andata anche l'angoscia di chi immagina una possibilità di salvarsi e farcela ma sa anche che le speranze sono minime. Ora so che le speranze non esistono più, e quel che rimane in me è una tristezza preferibile perfino alla disperazione.

Terezín si è rinnovata tante volte in questi mesi, gli ebrei hanno continuato a sbarcare e a ripartire sotto le urla e i comandi dei nazisti; migliaia, decine di migliaia di ebrei hanno toccato questa terra per un attimo, poi via.

I nostri nomi non sono comparsi nella lista perché ormai non c'è più lista che tenga, l'intero Consiglio Ebraico verrà deportato o perlomeno quel che ne rimane, saliremo sul treno da domani: spazzano via tutti anche dalla caserma Dresda e dalla Hannover, lasciano qualcuno alla Sudeti, la Kavalìr è già vuota, "liberata" come intendono i nazisti. Nel giro di qualche settimana i nazisti hanno forse intenzione di chiudere il ghetto, di portare via tutto e tutti. Andremo a stare meglio, dicono, e lo dicono anche molti adulti dei nostri perché c'è una zona dedicata a noi all'interno di un lager più grande, a Est. Nessuno si ribella più.

Chissà cosa ne penserebbe Jiri, che girovagava per le strade di Terezín con una lampadina in tasca.

Sono passati due anni. Ci misero in fila, noi otto della redazione sotto una tormenta di neve fortissima, fioccava e fioccava sulle nostre teste fradicie, eravamo otto segni grigi nel vuoto della strada. Nella mattina appena nata ci fecero stare un'ora all'aperto a prender la bufera finché tutto il freddo di gennaio non fu entrato in noi e finché non arrivò lo stirato a interrogarci. Era un tedesco di passaggio, non l'avevamo mai visto. Peter temeva avessero scoperto *Vedem*, che esisteva da pochissimo, solo pochi numeri nascosti.

Il gerarca indossava un impermeabile da guerra nero, si muoveva con le gambe larghe, era una colata di pece sopra un foglio candido. Jiri stava impettito accanto a me e guardava il nazista come si guarda una bufera tremenda ma non insormontabile da affrontare, nei suoi occhi potevi leggere gli occhi dei nostri patriarchi risalendo fino ad Abramo. Peter non era meno preoccupato quando sentì che il nazista voleva sapere chi avesse acceso la lampadina la notte prima.

L'ufficiale prese uno a caso tra noi, Jiri, per farselo dire. Lo strattonò in una nuvola di neve davanti alla caserma e lo schiaffeggiò. Sapevamo che a rubarla era stato Edison, ma ad accenderla era stato il gruppo al completo: di chi era la colpa?

«L'ho accesa io con una mano» rispose Jiri al gerarca prima che Edison potesse avanzare e consegnarsi: aveva già mosso una gamba.

«Io ti accendo la testa con una mano, se non mi dici chi è stato. Voglio sapere chi ha acceso la lampadina. Lo sai cosa vuol dire *Lichtsperre*?» gli gridò in un orecchio.

Jiri si scostò, si frugò in una tasca di quella giacca da adulto imbiancata e rigida di gelo e sotto le spalle dell'uniforme nazista estrasse la lampadina, quella che avevamo acceso la notte prima.

«Contento? La accendo con una mano» disse Jiri, sbattendogliela sotto il naso.

Non so se fu solo un riflesso del bianco sul vetro ma sembrò a tutti che per un istante brevissimo la lampadina si fosse veramente accesa.

Poi fu solo fretta, ci costrinsero a coricarci in terra con la faccia nelle spanne di neve scesa mista a terra fangosa e rigida, le mani dietro la nuca. Tutti meno Jiri, che fu portato via.

Due guardie coi fucili sopra di noi si divertivano a prenderci a calci per sollevare il bianco dalle nostre schiene, e fioccava, a schiacciarci la testa, fioccava, fioccava, fioccava.

Quando sentimmo il colpo di pistola arrivare da dietro la caserma capimmo che nessuna parola avrebbe tappato il buco nel petto di Jiri ma avremmo dovuto continuare a scrivere il giornale in nome del nostro amico, nessuna neve avrebbe lavato quel rosso tiepido dal marciapiede pronto a scaldare di colpo le nostre mani glaciali che lo risollevarono e lo portarono via, ma avremmo dovuto continuare a bere e a nutrirci e a mangiare pane secco e neve nel nome del nostro amico. Un colpo di scarlatto sullo stesso foglio candido, con lui erano morti Abramo e Isacco e Giacobbe e la discendenza tutta fino a qui, dopo Jiri nessun altro ebreo. Siamo noi i rimasti, siamo noi gli spiriti di Jiri, forse io sono lui senza più un nome.

Che senso ha essere ebrei se poi si finisce con la faccia nel fango duro e a due passi ti uccidono un amico?

E Dio dov'è, nascosto nelle nubi e fradicio come noi, o sotto la coltre, dove sei, Dio? E respira, Jiri, respira, dài, aprigli la camicia, asciugagli la fronte, sposta la neve.

No, fallo meglio, asciuga meglio.

Tienigli la mano, c'è ancora un pezzo di lampadina ma prendilo per le mani, levagli i capelli dagli occhi, ha un vetro nella mano, Jiri, diccelo che non sei morto, gli ha sparato attraverso la lampadina, diccelo che riapri gli occhi e sgambetti via, raccontaci ancora una storia delle tue, così ha spento tutti e due insieme, ragazzo e lampadina, asciugagli il petto, no, non è sangue mio quello sulle mie gambe, no, sto bene, stiamo bene, hanno sparato a Jiri sotto i bastioni nella neve per la lampadina, gli hanno sparato mirando alla lampadina, sì, è stato uno stirato di passaggio vestito di nero da guerra e dietro il vetro della lampadina c'era il cuore acceso di Jiri, che ora è spento nella neve, no non è sangue mio quello sulle maniche, no, Jiri, no, asciugagli i capelli, respira, rialzati.

Rispondi, Jiri.

Capitolo venti

Addio

Il tavolo della redazione è vuoto. Le uniche testimonianze del nostro passaggio, di questi due anni trascorsi assieme sono colpi di matita e pastello sul legno, dati di fretta durante le nostre riunioni clandestine e pericolose, forse senza troppo badare ai bordi della carta, o per la poca luce, e avanzi di gocce di cera sfuggite alla scodella portacandela e appiattite sul piano. Impolverate, grattate. Quante volte ci siamo incontrati là sopra.

Siamo usciti dalla casa, Peter, Embryo, Zappner, Josif, Edison e io, e abbiamo raggiunto Zdenek là dov'è stato costretto a lavorare nelle scorse settimane, nella fucina dei fabbri. C'è confusione e gelo, i nazisti urlano troppo e ci controllano meno, sono agli sgoccioli ed è l'ultimo giorno per noi e per metà del ghetto. Nella stanzona interrata nessuno lavora, i fuochi sono spenti tranne uno che forse attende di masticare nella sua bocca incandescente l'avanzo di ferro e stampi e pinze arrossate, alcuni operai adulti trasportano carichi di carbone su per certe scale ripide verso l'aperto e lunghe stecche arrugginite e bucate fino ai binari del treno, non fanno caso a noi, a chi di loro importa? Siamo bianchi e invisibili nel nero dell'ambiente. Ci raccogliamo in cerchio, sette segni chiari nel buio. Come nelle notti di venerdì, quando ancora la redazione scriveva il giornale.

«Avete portato tutto?» chiede Zdenek.

«Il nascondiglio va bene» dice Peter serio mentre sfila da sotto la camicia un pacco di copie del giornale e le avvicina a un pancaccio, badando bene di appoggiarle su un telo più pulito del legno.

«Bene» sussurra Zdenek.

Gonfi di numeri di *Vedem*, abbiamo marciato goffi ma svelti dalla casa alla strada e lungo la strada fino a vedere la porta della fonderia, abbiamo disceso gli scalini contandoli e ora ci svuotiamo, scaviamo fuori da dentro di noi quelle pagine fresche o vecchie di sei mesi, un anno, due anni. Ciascuno estrae dal vestito una spanna o due dei giornali in ordine d'uscita, li rimettiamo vicini, li accostiamo, controlliamo le date sulle copertine per non sbagliare, era Peter il pignolo a curare queste cose, ma oggi lo siamo tutti.

«Non sarà più sicuro dividerli, nasconderli in due posti diversi?»

«Abbiamo trovato solo questo.»

Eccoli tutti insieme e non sparpagliati, com'erano invece sotto i letti, nascosti ovunque si potesse, nella stanza numero Uno. Così vicini e impilati ci sembrano un peso straordinario. Quante parole racchiudono? In quelle pagine quanti disegni e poesie, frasi del giorno, interviste, ironie sui nazisti, quante voglie?

«Due anni» dice Zappner.

«Due anni.» È Josif a parlare.

Per arrivare qui abbiamo tagliato il ghetto nascondendo le copie di *Vedem,* e ci siamo sorpresi scoprendo di essere soli. Le strade erano quasi vuote, più silenzio del solito, forse per via di quel cielo mezzo nuvoloso. Lo sapevamo per tempo che il giorno sarebbe arrivato, ma vedere l'effetto è una storia diversa. Non c'è più nessuno nelle baracche, ancora pochi treni e anche l'ultimo essere di Terezín verrà spedito in Polonia o più a Est o non sappiamo. Solo i moribondi di tifo verranno lasciati qui, con le loro allucinazioni e quello strazio di urli che ci tormenta anche di notte. Gli altri hanno già un vagone dove salire, basta attendere l'orario.

Non vogliamo aspettare, come sempre, e proviamo a giocare l'unica carta che ci è rimasta in mano, la carta del giornale.

«Li lasciamo alla fonderia» aveva detto Peter.

«Leghiamo le uscite in pacchi, con lo spago, ce l'ha Zdenek, e portiamo là i pacchi tenendoli contro di noi, li nascondiamo nei vestiti» aveva suggerito Embryo. Approvato, andammo.

«Avremmo dovuto parlare anche di quei bambini polacchi, quelli della doccia.»

«Li hanno uccisi tutti a bastonate. Ma non abbiamo più il tempo.»

«Qui c'è il primo numero, 18 dicembre 1942. Venerdì.» Peter fa una specie di sorriso che a vederlo bene ci sembra rivolto più ai ragazzi che eravamo, che non siamo più; e a quei nostri desideri, che non sono più.

«Ricordate?»

«E qui gli ultimi numeri con il racconto che ci aveva lasciato Hanus.» È Zdenek a porgerli.

«Si intitolava *Cercando fantasmi*, undici pagine di risate e terrore, ricordate?»

Siamo noi quei fantasmi, nel nero della fucina non c'è più nulla da battere e modellare e noi non abbiamo più nulla da scrivere, a Terezín, analfabeti come spettri, senza voce poetica, come visioni paurose, senza consistenza, come spiriti: la nostra solidità era tutta in *Vedem*.

«O forse no» dice Peter ribattendo ai nostri timori in un colpo solo.

Poi aggiunge: «Era il giornale ad avere bisogno

di noi. *Vedem* sono occhi che hanno visto, mani che hanno scritto, siamo noi.»

«Siamo noi» ripete Embryo.

«Senza concorrenti, ovvio» sorride sotto i baffi Zappner. Sorridiamo tutti e l'aria di carbone della fucina ci fa lacrimare gli occhi, non è pianto, non è che ci teniamo la mano, è lo sporco di questo soffitto basso, è il pulviscolo bruciato che ci punge le palpebre infiammandole. Non è pianto.

È il silenzio della fine, abbiamo attraversato il ghetto forse per l'ultima volta in una fila scomposta emettendo vapore dagli occhi, i rami neri degli alberi indicavano un'unica strada, siamo stati svelti come se ci avessero imposto un ordine, agli incroci delle strade abbiamo controllato che non ci fossero guardie appostate, ubriache oppure no. Gli edifici sono scenografie di spettacoli passati, si sgretolano e guardano quelle che un tempo sono state strade affollate, viavai di gente grigia, calca scomposta e moltitudini di condannati. Chi può sapere se la natura riprenderà possesso di questo luogo, lo assorbirà e lo renderà nuovo, lucido, meno agghiacciante? Non abbiamo dato nell'occhio, naturale, il freddo crudele ci ha aiutato a farci perdonare i vestiti gonfi e strappati. Siamo arrivati alla fucina dei fabbri.

Zdenek solleva una cassapanca e si fa aiutare a spostarla. Una botola si apre sopra un buco nel pavimento, che serviva un tempo a celare piccoli strumenti da fabbro, di riserva, o non sappiamo cosa: ora è svuotato come svuotata è la fonderia. Perfetto. Vi sistemiamo le copie di *Vedem* nascoste nei cenci e nella carta vecchia, le adagiamo come se dormissero e non volessimo destarle, si incastrano a metà, spingiamo, aggiungiamo un nuovo pacco, ancora uno, finito.

«Sono tutte dentro» dice Zappner.

«Quando torneremo, le troveremo. Il primo che arriva qui le prenda e le riporti a casa, a Praga. Gli altri lo raggiungeranno dopo.»

Peter ha ancora un'impressione di speranza in bocca, se la sente di parlarne.

«Un giorno ci vedremo di nuovo.»

«E faremo ancora il giornale, se ci andrà» dice Josif tremando e stringendo quegli stracci che usa come guanti.

Zdenek chiude la botola, con Embryo vi sistema sopra la cassapanca e con Edison la copre di una bracciata di assi e travetti di ferro sottile, mattoni rotti, segature unte, schegge verdi di rame.

Dovrebbe andar bene, non lo dice ma si vede che lo pensa. Andrà bene. Torniamo a casa.

Nella camerata distacchiamo le nostre cose dai

muri, a volte le tormentiamo, riempiamo di carabattole, le nostre carabattole, una valigia ciascuno e svuotiamo il letto da ogni cosa. Entra l'aria dalla finestra in fondo alla stanza, la neve sul davanzale si è sciolta un po' e lascia spazio al ritorno di un tepore leggerissimo, impercettibile, nella nostra penultima dimora. I tanti ragazzi nella stanza con noi stanno facendo lo stesso, trafficano ammutoliti intorno a un bagaglio da preparare, non ci sono più adulti ad aiutarci o a sollevarci, tocca a noi. Scendiamo le scale con la nostra valigia, di nuovo in fila. I materassi sono tutti zitti.

All'uscita sulla strada innevata le parole di Zdenek occupano la nostra mente.

«Non mi fanno partire. Dicono che devo rimanere» dice.

«Ma non rimaneva Zappner?»

«Sembrava così, ma ci hanno sostituiti. Dicono che gli serve uno più forte per quelli sconvolti dal tifo.» Lo dice sapendo che chi li tocca probabilmente s'ammala e li rincorre verso la fine.

Zappner ha già preparato la sua valigia, arriva soffice nella neve.

«Vengo con voi al treno, comunque. Vi accompagno» dice Zdenek, e lo dice aiutando Josif a portare il bagaglio, una maniglia per uno, e penso a quel mio sogno in cui lui spariva e ricompariva Zappner, e chissà la sorte su chi ha scommesso.

Nessuno può dirlo, e salutarci non ci rincuora, poiché restano troppe domande senza una replica: chi di noi è atteso da cose peggiori, chi rimane o chi parte?

Dal vagone per le merci, dove siamo pigiati in mezzo a sconosciuti ebrei muti, famiglie ricongiunte per l'occasione, solitari derelitti, riusciamo a guadagnare un lungo taglio non troppo alto, contornato di lamiera rotta e di un resto di filo spinato, che corre sotto il tetto del vagone per tutta la lunghezza; per guardare fuori ci aiutano a sollevarci due casse sporche sul fondo della carrozza e un grande secchio di legno che scopriremo servirà per i nostri bisogni dei prossimi quattro giorni. Il treno non si muove ancora e abbiamo il tempo di affacciarci da quel buco, ci sporgiamo in sei con un angolo di occhio. Il sole se n'è andato e resta un cielo di cenere identico al bigio della strada innevata. Zdenek ci guarda da lì.

È sul marciapiede perché in questa settimana si poteva usarlo, crediamo, nessun nazista lo controlla perché stanno urlando a un nuovo gruppo di salire sul convoglio, premono ebrei, percuotono grigi fino a lacerarli, ci sono anche due cani a sbraitare con loro. Il binario luccica, il nostro amico è lì che non muove le braccia e non le agita per aria, davanti alla caserma Amburgo, è lì che non correrà dietro al treno, lui che avrebbe potuto sfidare le rotaie e correre a perdifiato fino a salutarci con una mano aperta ed esausta, non lo farà, è lì in silenzio, rimane sul marciapiede insieme ai grigi. La redazione è divisa e Zdenek diventa uno tra loro, tra i grigi, ha le spalle spente e tornerà alla casa numero Uno senz'aria. Forse metterà in salvo le copie di *Vedem*, forse salverà se stesso e tornerà a Praga, ritroverà qualcuno di ritorno dall'Est, a guerra conclusa, quando finirà, se mai finirà.

Il treno dà un primo strattone e noi dondoliamo. Un falso allarme. Chiamiamo l'amico e per l'addio abbiamo tutti una sola idea: ci togliamo le stelline gialle dalle braccia, le strappiamo dalla lana che ci appesantisce e stirandoci le braccia le appoggiamo alla fessura sopra di noi. Zdenek le vede, si strappa la propria. Le lasciamo andare, le nostre volano nell'aria cadendo, compiono larghi giri come aquiloni, ondeggiano a spirale, si godono il viaggio sull'aria, i nazisti non badano più a nulla, urlano e picchiano senza nemmeno scegliere e non notano le stelline gialle che calano dal tetto del vagone merci precipitando verso terra, sulla neve. Siamo noi, le stelline a sei punte, abbiamo creduto che la nostra luce fosse più fastidiosa delle torce dei nazisti, più proibita delle sigarette, più bella degli amori che si aprivano e morivano a Terezín.

Chiusi dove siamo non le vediamo posarsi, vediamo solo il loro volo, e noi con Zdenek davanti alla leggerezza istantanea di stelle cadenti ci guardiamo negli occhi come per esprimere un desiderio, uno ciascuno, facciamo di più, uno per ogni stella. Zdenek appoggia la propria nel mucchio delle altre cadute, lo indoviniamo dal gesto che fa avvicinandosi al treno che parte e accelera cigolando, ma forse è nato tutto nella mia mente e abbiamo ancora le stelle cucite e il volo è quanto avrei desiderato ma senza poter realizzare un bel nulla, guardo meglio, non ci sono stelle a ondeggiare nel vento, stelle cadenti a interpretare ed eseguire i nostri desideri, non più, abbiamo ancora le stelle al braccio, strette, con la scritta Jude in nero, la fessura si illumina e custodiamo negli occhi il nostro amico che tace e si sposta, ancora di più, più veloce perché il treno è partito, nessun indugio stavolta, si sposta inflessibile lontano dal ghetto, addio Zdenek, addio Terezín, ce ne andiamo, addio.

Rimangono a terra le nostre sette stelline, in cerchio nella neve, nei nostri pensieri. Possiamo solo immaginare Zdenek che ritorna alla camerata dove non sente più il rumore dei ragazzi che corrono nei corridoi, non ci sono più, non sente protestare tra i letti e ridere e piangere al buio i nuovi arrivati, non ci sono più, non rimane traccia sulle pareti di quella festa triste e allegra che era ogni giorno passato, dei pastelli resistenti della redazione, non ci sono più, sentirà l'eco dei suoi passi e ascolterà il suo respiro come era impensabile fare in quella confusione perpetua, non inciamperà nelle scarpe e nelle coperte per terra, non zuccherà in un pentolino o in un cucchiaio appeso o in un piede che sporge da una branda al terzo piano, perché non c'è più nessuno, non vedrà il sole che entra dalla finestra a rigare di luce quello spazio.

Non lo immaginiamo, invece, mentre si corica su un letto e s'avvolge in una coperta, anche se è ancora giorno. Anche se la notte per gli altri nel mondo è lontana, per qualcuno, per il nostro amico Zdenek, è scesa prima. Avrebbe potuto scegliere un letto a caso. Intorno a lui, nella grande camerata, sono tutti vuoti.

Capitolo ventuno

Auschwitz

1944, novembre

È molto buio, siamo noi sette della redazione, ce ne andiamo per una strada di Terezín che non è Terezín, il ghetto è isolato e scuro, solo alcune luci gettano rigagnoli arancioni contro i muri di mattoni, contro i bastioni. Camminiamo spediti, arrivati a un angolo ci sporgiamo con le teste, siamo sette: nessuno.

«Nessuno» sussurra Zdenek.

«Dove sono tutti?»

«Non ci sono guardie, non ci sono SS, nessuno.»

«E all'incrocio, nemmeno lì abbiamo visto gerarchi o stirati o anima viva.»

«Il ghetto è vuoto.»

Si va, senza bisogno di accelerare, di correre a perdifiato per salvarsi giungendo dietro un nuovo angolo prima che una guardia volti naso e occhi e petto e canna di fucile dalla nostra parte e ci veda e gridi allarme e spari, mai in alto, ma subito verso di noi. Nessuno: più buio che gente.

Arriviamo tra gli alberi del parco. Un riflettore mezzo spento illumina immobile le fronde. Nessun movimento intorno ai meccanismi per farlo ruotare, spostarlo e inseguirci. Usciamo allo scoperto e le vediamo: carrozzine. Sono carrozzine da bambino, coi ricami e i merletti, bianche e dorate, le loro belle ruote coi raggi in ordine, sparpagliate nel prato tra i tronchi illuminati degli alberi. Vi passiamo accanto gettando occhiate di curiosità al loro interno. Vuote.

«Quante sono?», chiede Embryo.

«Novanta» risponde Zappner, che le stava contando.

«I bambini sono salvi.» È Peter a parlare.

Abbiamo tra le braccia le copie di *Vedem*. Non ce n'eravamo accorti prima, come non ci pesassero o fossero minuscole, ma ora le notiamo: portiamo fardelli di copie del nostro giornale, legati con nastri rosa che forse erano parti di un vestito da donna. Sono pacchi pesanti ma non troppo.

Ora corriamo perché abbiamo visto l'uscita del ghetto. Il grande portone, verso il torrente dalla parte del ponte, è aperto e incustodito. Voliamo, si vola e con noi volano le farfalle, decine, decine di farfalle bianche che smettono di nascondersi e volano con noi fuori dal ghetto che non è il ghetto, fuori da qui, siamo già sul ponte, un edificio squadrato e alto, pieno di finestre, ci accoglie mezzo diroccato sull'altra sponda ma non ci importa, siamo liberi all'alba. Corriamo sul ponte nell'umidità fresca del fiume, in una nuvola mattiniera di farfalle bianche.

Il tempo istantaneo d'arrivare al primo paese e ci mettiamo a distribuire *Vedem*, regaliamo il giornale alla gente che passa, leggiamo racconti e poesie, mostriamo orgogliosi i disegni. Ora siamo in piazza a Praga e facciamo la stessa cosa. La gente è grigia, i primi che ci sorridevano sono stati rimpiazzati con sacchi vuoti e orbite assenti. Nessuno ci crede, scuotono la testa. Diciamo: è vero, è tutto vero. Ma quelli niente, non si lasciano convincere.

«Ci vorrà pazienza» consiglia Edison.

«Intanto però siamo tutti salvi. E di tempo ne avremo» dice Josif.

«E di tempo ne avremo», ripeto.

Siamo tutti salvi. Ho chiuso un occhio solo stavolta, è bastato per addormentarmi dopo quattro giorni di veglia, è mattina, è Auschwitz.

Scendiamo a forza dai treni e la violenza vista agli arrivi dei convogli a Terezín viene spazzata via da un odio superiore che non si placa, che non riposa. Ci gettano in file lunghissime, i nazisti insultano, abbaiano, mordono, noi sanguiniamo. Non so se sbaglio ma sento lontano un merlo che gorgheggia "Heil Hitler, heil Hiiiitlerrrrrr" alle guardie. È di qualcuno appena scaraventato da un vagone. Avanziamo per un'ora, forse due, forse solo cinque minuti. Ci dicono di passare davanti ai medici, che ci guardano svelti e microscopici, tra noi solo Peter viene mandato a destra. Si allontana in una fila di vecchi e bambini e diverse donne. Gli uomini adulti sono tutti nella nostra, a sinistra. Josif si sposta piano, poi deciso. Le due file in un punto si riavvicinano abbastanza, Josif scarta, fa dieci passi, poi altri cinque, si mette contro la spalla di Peter. Non lo notano, o se lo notano non gli importa.

«Vengo con te, così ti faccio compagnia.» Vediamo da lontano la sua bocca mentre lo dice.

È l'ultima cosa che possiamo rievocare di loro, Peter che si volta e lo abbraccia, Josif che ricambia, procedono con le mani sulle spalle come per una scampagnata, una passeggiata tra i fiori nella lentezza di una fila che conduce alla camera a gas e poi al crematorio. Non lo sanno? Non vedono chi sono i loro compagni?

Noi, per ora salvi, conosceremo la verità nella

baracca, ma il nostro amico Josif pare aver compreso tutto, stavolta perfino meglio di Peter.

Da soli non sappiamo stare, ce ne andiamo a coppie.

Tranne Pepek. Che grida, strilla, esce dalla nostra fila, non l'avevamo veduto. Non fanno in tempo, qualcuno gli intima un no che si disperde subito nell'urlo di Pepek che s'aggrappa al filo spinato e ferito si annienta nella rete di metallo elettrico che circonda il campo. Stride, si dimena ma è questione di attimi, piega la testa all'indietro in un movimento spastico a guardarci capovolti, non ha la meglio contro la morte.

Nella baracca siamo accatastati in letti di legno a castello, grandi, zeppi di ebrei. Non è sonno, non è dormire, è una pausa angosciosa dal terrore.

«Forse ci fanno lavorare» dice Embryo dal piano di sopra.

Gli occhi sbarrati ci accompagnano nell'ora della resa.

La mattina arriva fin troppo presto. Ci dividono di nuovo, ci contano e ancora chiamano, fanno appelli, e contano ancora. Un gruppo di persone che comprende me ed Embryo viene fatto tornare correndo alla baracca. Che ore sono? Sarà metà pomeriggio, non abbiamo mangiato, non siamo stati alle latrine. Edison e Zappner rimangono in piedi sull'attenti insieme a centinaia di altri ebrei scelti, non ci guardano andare, devono guardare avanti, non notano che veniamo condotti via a forza e spintoni, ci appoggiamo alle spalle degli altri. Non vedono che ci voltiamo. Non rincaseranno alla baracca.

Sono arrivati altri, i giacigli sono ancora più affollati. Spalla a spalla con Embryo, nessuno parla. La notte è l'unica ad avere ancora un cuore, noi le battiamo dentro.

Ci chiamano all'alba, si esce. Ci dividono di nuovo, ci contano e ancora chiamano, fanno appelli e contano ancora. Stavolta tocca a noi restare immobili, tocca a noi attendere e trascinarci verso il valzer dell'orchestra che suona sotto il camino.

Mentre passiamo vengo colpito dal sole. È un attimo, forse mi scaldo, forse mi riconcilio, non ho nemmeno il tempo di ricordare perché lo odiavo che già mi pare di amarlo più che in ogni altro momento, di amare quella luce opaca dietro le nubi, quel raggio che s'è ritagliato un momento tutto per me e ha fatto mettere la foglia a quel seme caduto tra due fessure. Il sole, non m'è rimasto che lui.

Capitolo ventidue

Lampadine

«Tanto per finire, nessuna sorpresa» dice un uomo accanto a me mentre si spoglia.

E aggiunge: «Lo sapevamo già.»

Sull'altro lato della stanza bianca sono già nudi, hanno appeso i loro vestiti al chiodo nel muro sotto il numero, dovrei ricordarmi anche il mio perché è il tempo della doccia. I nostri abiti grigi non contenevano già più nulla una volta entrati, ora appesi non hanno cambiato forma. I grigi spogliati restano grigi nella pelle e nella carne e nelle cicatrici. Siamo i soli rimasti dal ghetto di Terezín, nel nostro settore non c'è più una faccia conosciuta. Lo sapevamo già.

Non siamo più nessuno. Magri. E magri anche dentro, abbiamo perso pezzi per la strada, il cuore è stato forse il primo a guastarsi. Embryo trema e struscia con la mano e la spalla contro una colonna rivestita di piastrelle bianche umide. Sono nudo anch'io, siamo nudi tutti, ci spingono, ci ammassano.

Siamo stretti, in terra tra i nostri piedi indifesi non vi è traccia di buchi di scolo, tombini o grate che possano portare via l'acqua di una doccia vera. Lo sapevamo già. C'è una lampadina libera, sotto il soffitto dalla mia parte, tra i bocchettoni pieni di ruggine delle docce, una lampadina larga col filamento incandescente acceso e vibrante. Perdo di vista Embryo e guardo la lampadina: quante cose in più avremmo scritto con una luce come quella, la notte non avrebbe avuto scampo contro di noi. Dove siete tutti, dove siete andati?

Da fuori chiudono la porta. Cominciano le urla che mi sforzo di non ascoltare.

Sono braccia nude verso l'alto, si agitano nere in controluce, il soffitto splende.

È l'ultima danza indecente.

La lampadina si spegne.

Postilla

Il 5 maggio 1945 le SS abbandonarono Terezín e il ghetto passò sotto il controllo della Croce Rossa. I carri armati sovietici vi giunsero l'8 maggio.

Durante l'occupazione nazista, a Terezín furono internate 155mila persone, delle quali 35mila vi morirono o furono uccise, 83mila furono deportate verso i campi di Treblinka, Auschwitz-Birkenau e altri lager del Reich. Solo 3807 fecero ritorno a casa. Nel ghetto vissero circa 15mila bambini e ragazzi: alla fine della guerra ne erano rimasti in vita 142.

L'attore ebreo Kurt Gerron, regista del film, fu deportato e ucciso a Birkenau il 15 novembre 1944. La pellicola fu montata in Germania e venne diffusa il 28 marzo 1945 con il titolo *Der Führer schenkt den Juden eine Stadt (Il Fuhrer regala una città agli ebrei)*. Del filmato integrale si sono perse le tracce.

L'opera musicale *Brundibar* fu portata in scena cinquantacinque volte. Il suo autore, Hans Krása, fu ucciso ad Auschwitz nell'ottobre del 1944.

Dei giornali prodotti dai ragazzi nel ghetto, *Bonako* pubblicò sei numeri da gennaio a giugno 1944; *Domov* otto numeri e due speciali dal 22 dicembre 1943 al 2 maggio 1944; *Kamarád* ventidue numeri dal 29 ottobre 1943 al 15 settembre 1944; *Noviny* nove numeri e tre speciali da febbraio ad aprile 1944; *Rim Rim Rim* ventun numeri e tre speciali, per circa 200 pagine, dal 25 febbraio al 24 agosto 1944.

Vedem fu pubblicato tra il 18 dicembre 1942 e l'agosto 1944. La redazione produsse più di 800 pagine, molte delle quali sono ora conservate nel Memorial di Terezín e nel museo Yad Vashem di Gerusalemme.

Terezín tutto intorno

La prima volta a Terezín, per me, è stata sotto una nevicata. Era il 30 di gennaio del 2002. Mio fratello si era trasferito da poco a Praga per lavoro e avevo deciso di andarlo a trovare. Per me che mi occupavo già di Shoah, sapere che Terezín fosse a un'ora di strada alimentava non poca curiosità: presi la decisione una sera nella quale le previsioni del tempo annunciavano un clima rassicurante per il giorno successivo. Salii sull'autobus numero 17, la linea per Litoměřice, sfidando una potentissima tempesta di neve. Maledette previsioni. L'autobus uscì dalla città e si infilò nelle campagne piatte e bianche fino al cartello di Terezín. Scesi solo io nel ghetto, e da quel giorno capii che quel luogo avrebbe rappresentato qualcosa di più di un nome dentro tanti libri di storia e di una indicazione geografica tra milioni di altre.

Mi sono affezionato a Terezín. Sembrerà strano, ma è così: d'accordo, solitamente ci si affeziona alle persone. Spesso a un animale. A volte a un luogo dal passato meno sinistro. Però a Terezín c'è qualcosa che mi parla al di fuori dell'orrore che lì si è compiuto, al di là degli ebrei che vi soffrirono e vi persero tutto. C'è un'aria che ogni volta mi racconta l'esistenza più della distruzione, il coraggio più dell'abbandono, la vita più della morte. Per questo ci ritorno ogni anno. E certi anni più di una volta.

Sarebbe logico e un po' banale pensare che Terezín ti entri dentro. Penso di no. Terezín è intorno a te, come stava intorno ai ragazzi di settant'anni fa: li rinchiudeva con i suoi bastioni, la sua forza di mattoni era alleata perfetta dei nazisti. Nemmeno oggi ti entra dentro: sei tu che entri in Terezín, sei tu che oltrepassi il ponte, il portone, attraversi il bastione in quella breve galleria che fa da varco, come una bocca che ti inghiotte. Terezín ti attende, ma resta tutto intorno. Non c'è traccia di Terezín in te, ma ce ne sarà molta in quel che vivrai dopo, in quel che scriverai. Anche quando non ci penserai, un pochino di Terezín ti sarà rimasto sulla maglietta, a ricordarti chi sei.

Ogni casa ha un odore. Anche la mia casa lo ha, ma per abitudine non lo sento più. Le case degli altri, quando ci entri, hanno un odore particolare. È la storia di quella casa ad averlo creato: l'odore dei muri e dei mobili, l'odore delle persone, i profumi che si mettono, l'odore dei panni puliti o del cibo cucinato, di un camino quando c'è, di un bambino nell'altra stanza. L'odore di Terezín è un misto di fiori e umido, terra argillosa, liquore alle prugne, pietre sbriciolate, corteccia. Se porti a casa un sassolino, quel sassolino sarà diverso dai sassi che troverai sulla strada dalle tue parti.

Moltissime persone ogni anno vanno a Terezín. Scattano foto, le caricano nel web e le abbandonano al loro destino. Da tempo le cerco e le osservo con pazienza quasi certosina: attraverso una serie di parole-chiave non me ne faccio sfuggire nemmeno una. O almeno penso. Sono interessato e curioso, vorrei poter vedere Terezín come lo vedono gli altri, vedere quei luoghi con gli occhi di un altro.

Non mi interessa conoscere cosa hanno provato tutte quelle persone che sono state a Terezín negli ultimi mesi. Non sono un guardone dei pensieri, e preferisco che quel che passa nel cuore di un altro, nel ghetto, rimanga ancora un segreto. A me interessa capire Terezín, e per capirlo so che i miei occhi non bastano. Devo provare a guardarlo attraverso altre pupille, culture differenti, storie lontane dalla mia, lingue sconosciute. In fondo è lo stesso meccanismo che ci porta a leggere molti libri sullo stesso argomento: vedere con la mente di un altro, perché anche la nostra si arricchisca, cresca.

Ebbene, le fotografie di Terezín rappresentano tutte l'orrore. Ve lo posso assicurare dopo anni e anni di frequentazione web: quel che si trova sono tutte immagini di luoghi lugubri e bui, senza speranza, scritte inquietanti in tedesco, androni, prigioni, cortili fangosi, corridoi infernali. Come se al dramma della storia fosse necessario aggiungere uno strato di tristezza, come se non bastasse sapere quanto è accaduto ma si dovesse mettere in scena anche il proprio umore, intristendo ancor di più lo scatto.

Finché non ho trovato una foto spettacolare. Mi è apparsa come per caso, nel mucchio di foto che riportavano la parola "Terezín" da qualche parte. È stata scattata da un ragazzo turco alla sua ragazza: sono in gita con la classe a Praga, e in una tappa del tragitto si ritrovano proprio a Terezín. Sostano in un parco che conosco bene e lei si siede su una panchina dopo aver raccolto qualche foglia da terra. Vi chiedo di sforzarvi per immaginarla: vedete che le foglie sono di tre colori diversi? Una secca e marrone, una gialla ma ancora forte, una verde. Come nata ieri. Chissà se noi, oggi, siamo quella foglia verde. Chissà se la storia prima di noi è una foglia secca che si sbriciola via, o se è una foglia gialla ancora forte, in fondo bella da vedere.

Quel che più conta in questa foto, nella foto della ragazza turca, è che non è triste. È una foto piena d'affetto in un luogo che a molti parla d'altro. Perché è Terezín. È

Terezín quella terra sotto la panchina, sono Terezín quegli alberi, i sassi che calpestano le sue scarpe ed è Terezín perfino l'aria che le entra nel naso. Sono Terezín quelle foglie. Eppure potrebbe essere stata scattata nel parco felice del suo paese, della sua città, chissà dove. Perché Terezín non è entrato in lei, nella ragazza, non l'ha scalfita: è lei a essere entrata in Terezín, ad averci portato se stessa, l'odore di casa sua, il suo sguardo d'amore sulle cose.

Tutto intorno a lei c'è Terezín, ma la ragazza è piena di una noncuranza che solo gli innamorati possono comprendere. Qualcuno lo interpreterebbe come un gesto irrispettoso, ma chi frequenta Terezín con assiduità sa quale valore abbia una panchina in un parco dentro un ghetto che vide rinchiuse decine di migliaia di persone, molte delle quali coetanee di questa ragazza. Di loro non tornò praticamente nessuno.

Questa foto è solo una vittoria, probabilmente minuscola ma pur sempre una vittoria: è la storia che non l'ha avuta vinta, è il passato orrore che non l'ha avuta vinta. La noncuranza della ragazza è la nostra vittoria, e lo saranno tutti i minuti che verranno dopo, dopo la foto.

Quel giorno, il 30 gennaio del 2002, sotto la potentissima tempesta di ghiaccio che chiudeva l'orizzonte e copriva ogni cosa di freddo, mi facevo largo tra i cumuli bianchi per raggiungere un luogo coperto. Esausto, spostai una bracciata di neve da una panchina e mi ci abbandonai. Non durò più di un minuto, penso. Il cielo bianco sopra di me, gli alberi senza foglie, l'odore dell'inverno e Terezín che mi attendeva, che incrociava per la prima volta il suo sguardo con il mio, lui paziente e io impaziente. Quella panchina, la mia panchina, era la panchina della foto.

Matteo Corradini

Indice

Finito di stampare nel mese di gennaio 2020 presso
Grafica Veneta S.p.A. – via Malcanton, 2 – Trebaseleghe (PD)
Printed in Italy